不条理奇談

鷲羽大介

JN138469

※本書は体験者および関係者に実際に取材した内容をもとに書き綴られた怪談集です。体験者の記憶と主観のもとに再現されたものであり、掲載するすべてを事実と認定するものではございません。あらかじめご了承ください。
※本書に登場する人物名は、様々な事情を考慮してすべて仮名にしてあります。また、作中に登場する体験者の記憶と体験当時の世相を鑑み、極力当時の様相を再現するよう心がけています。今日の見地においては若干耳慣れない言葉・表記が記載される場合がございますが、これらは差別・侮蔑を助長する意図に基づくものではございません。

目次

ヘルハウンド・オン・マイ・トレイル

ある年の、四月半ばのことである。

終電まで残業した雅裕さんが、最寄り駅から自宅まで歩いていると、ひと気のない夜道を後ろから何かがついてくる気配がした。

真っ黒で大きな犬だ。振り向く前に、そのことがなぜかわかった。

実際に振り向いてみると、何の姿もない。犬の声も匂いもしなかったが、そこに「いる」ことだけは、なぜか圧倒的な肌感覚で認識できた。

不思議と恐怖心は起こらず、逃げたい気持ちも湧いてこない。雅裕さんは、しゃがんで両腕を開き、そいつが近寄ってくるのを待ち構えた。

胸板に、あたたかかさの塊《かたまり》がふわりと触れる感触がした。つぶさないよう慎重に抱き上げる。重さはないが、かすかなぬくもりだけがそこにあった。

立ち上がるのと同時に、猛烈な吹雪に叩きつけられた。目を開けていることすらできない。胸に抱いた、ほのかな温感だけが頼りのように感じられた。

自宅まで走り、玄関の鍵を開けると、抱いていたはずの犬の気配は消えてなくなり、地面に降り注いだ雪も、湿り気ひとつ残っていなかった。


いつでも、目に見えなくても、自分にはあったかいあれがついてきている。

そう思うと、どんな困難にもくじけることなく立ち向かえる気がする。

雅裕さんは、胸を張って言うのだった。

見えないのにどうして黒いとわかったんですか、と私がいくら訊いても、微笑《ほほえ》みながら「なぜでしょうね、自分でもわからないんですよ」と繰り返すばかりである。

そっくり

日本海のとある離島に住んでいた聡美さんが子供の頃、台風が上陸して一晩中大嵐が荒れ狂ったことがあった。それほど台風に慣れている土地柄ではないし、築数十年になる、聡美さん自ら「あばら家」と形容する家のトタン屋根はいかにも頼りない。聡美さんが「怖いよう」と訴えても、お父さんが露骨に不機嫌になるので、それ以上は何も言えなかった。

大雨と強風が窓を揺らし、屋根を叩き続けていた。テレビの音も聞こえないほどだった。とても眠れるものではない。お父さんはずっと苛々《いらいら》しながら煙草をふかしている。まだ赤ちゃんだった弟が怯えて泣き止まず、お母さんはこちらに構ってくれない。ひとり取り残された聡美さんは、怖さをまぎらわすために、ひたすら漫画を読んでいた。

その頃、聡美さんが大好きだったのは、魔法使いの女の子と仲間たちがドタバタを繰り広げる作品だった。それが載っている『りぼん』を、明け方まで繰り返し読んで過ごしていた。

朝になると嵐は去り、台風一過の晴れ間が広がっている。

玄関から庭に出て、家のトタン屋根を見ると、大好きな漫画によく似た絵柄で、聡美さんの似顔絵が、黒いペンキで屋根一面に描かれていた。

聡美さんは手を叩いて喜んだが、お父さんがぶつぶつ言いながらすぐ上からペンキを塗りつぶして消してしまった。とても悲しかったそうだ。

なおその漫画なら、私もアニメ版を見たことがあるが、聡美さんによると「漫画とアニメで内容が全然違うんです」ということだった。私の知っている絵柄ではなかったようである。

血の収穫

中学生の紗友里さんは、体育館で全校朝礼が行われたとき、立ったまま校長先生の長い話を聞いていたら、急に悪寒《おかん》と目眩《めまい》が生じて、立っていられなくなり、その場にへたり込んでしまった。初めてのことである。

頭がしびれたような不快さを感じながら、うつむいていると鼻から液体があふれる感触がした。鼻水かと思った直後に口の中に鉄の味が広がる。鼻血だ、とわかったときにはもう床に何滴もしたたり落ちていた。赤黒い血の色が、目にべっとりと貼りつくような気持ち悪さをおぼえる。

防水性の高いシートが貼られているはずの床に、紗友里さんの鼻から流れ落ちた血液が、みるみる吸い込まれて見えなくなった。次いで視界が白くぼやけてくる。

ざわめく生徒たちをかき分けて、駆け寄ってきた先生たちが、うずくまる紗友里さんを仰向けに寝かせた。ご本人の記憶はここで途切れている。

次に気がついたときは、保健室のベッドに横たわっていた。頭はまだかすかにしびれているが、ぼんやりした視界は次第にはっきりしてきた。

紗友里さんは、顔に手をやってみた。血で汚れた感触はなく、鼻にガーゼが突っ込まれていることもない。年配の保健室の先生が「だめですよ、まだ寝てなさい」と諭した。鼻血が、と紗友里さんが言っても、先生は「鼻血なんか出てませんでしたよ」と怪訝《けげん》な顔をするばかりである。


その日は、お父さんに迎えに来てもらって帰宅した。両親は心配していたがとくに異常はなく、鼻血が消えたように見えたのは何かの錯覚だったのかもしれない、と思った。

ただ、それから間もなく行われた中間テストでは、それまで平凡な成績だった紗友里さんが全科目満点を取り、先生や彼女の両親を喜ばせたそうだ。

キャラ崩壊

十年前、美咲さんが小学五年生だった頃の話である。

両親と行ったショッピングセンターのゲームコーナーで、クレーンゲームをやった。一発で大きなぬいぐるみを吊り上げ、穴へ落とすのに成功した。

景品の取り口から手を入れると、指に鋭い痛みを感じて反射的に引っ込めた。トゲか何かに触れたのではなく、明らかに牙の生えた口で噛まれた感触である。

おそるおそる取り出したぬいぐるみは、口がない猫のキャラクターだった。

十年経った今でも、納得していないそうだ。

鉄の旋律

昼下がりに在宅ワークをしていたら、道路に面した窓のカーテン越しに、赤い光が点滅するのが見えた。救急車かパトカーでも通ったのかな、と思ってカーテンを開くと、踏切が出現して満員電車が通り過ぎていた。

慌てて外に出てみると踏切も線路もなかった。歩道では、保育園の子供たちが、何やら楽しそうな歌を口ずさみながら、カートでお散歩している。

仲間に入りたい、と心から思った。

ラジオの時間

久美子さんが深夜まで共通一次テストの勉強をしていたとき、気分転換に机の上に置いてあるラジオをつけた。

その日はなぜか電波の調子が悪く、いくらチューナーをいじっても雑音ばかりで、どこの局も全然入らない。近くで何か、強い電磁波を発する装置でも稼働しているのだろうか、と首をひねりながらツマミをあれこれ動かしていた。

ザーザーと耳障《みみざわ》りなノイズが流れる中で、ある周波数のときだけわずかに人の声が聞こえた。女性パーソナリティが何か話しているようだ。

注意深くチューナーを小刻みに動かし、耳を澄ます。

くみこ、くみこ、くみこ、くみこ……

久美子さんの名を、繰り返し囁いている声だとわかった瞬間、喉の奥でヒッという声がこみ上げてきたので、家族に聞こえないよう慌てて押し殺した。今夜はもう限界なのだと思ってラジオの電源を切り、部屋着のジャージのままベッドに潜り込んで電気を消した。

目を醒ましたら、横を向いて寝ていたらしく壁のほうを向いていた。起き上がろうとして、仰向けに寝返りを打つ。頭に何かごつごつしたものが当たった。

机の上に置いたはずのラジオが、いつの間にか枕の上に置かれてあり、長く伸ばしたアンテナが真ん中でへし折れていた。

犯し

妻との営みの中で、いつも一瞬だけ二十年前に亡くなった姉そっくりの顔になる。

推し

夜になると部屋の中を女の生首が飛び回ることがあるが、あまりに美しいのでいつも楽しみにしている。

貸し

子供の頃に死んだ幼馴染が、貸したままの超合金ロボを持って時々遊びに来る。

返し

借金をした相手が亡くなり、毎晩ウエットスーツ姿で夢枕に立っているが金の返し方がわからず、現金を枕元に置いて寝ているが効果はないようで、今夜も無言だ。

出世魚

私より年下の、八十年代半ば生まれの義孝さんが小学一年のときだというから、発端は一九九〇年ごろのことだと思われる。

ひとりっ子でおとなしい性格の義孝さんは、子供部屋でひとり遊びをすることが多かった。その日は、ベッドのシーツをオフロードのサーキットに見立てて波立たせ、その上でチョロQを走らせる遊びをしていた。即興でレースの展開を考えて実況しながら、夢中になっているうちに、愛車をベッドと壁の隙間に落としてしまった。手を入れても、子供の腕では届かない。ベッドをずらさないと取れないが、お母さんに「チョロQを落としちゃったから、ベッド動かして」と言ったら叱られるような気がして、黙っていた。

私も内向的な子供だったから、その気持ちはよくわかる。

義孝さんは、お気に入りのおもちゃをなくしたのは悔しかったけど、三日もしたら忘れてしまったそうだ。

思い出したのは六年も後、中学生になってからのことである。

その夜、宿題も終えてベッドにごろりと横たわり、何気なく壁のほうを向いた瞬間に、小さい頃ここにチョロQを落としたことを思い出した。あのときの悲しい気持ちも、お母さんに言い出せないうしろめたさも、その日に食べたエビフライの味に至るまで、記憶が一度によみがえったのである。

なんでこんなことが言えなかったんだろう。義孝さんは、幼いときの自分に苦笑しながら身を起こし、ベッドをずらして隙間に手を突っ込んでみた。

何か硬いものに触れた。ぞくり、と違和感が背筋を走り抜ける。何かおかしい。

恐る恐る、ベッドの隙間から引っ張り上げた手には、まったく見覚えのない、古ぼけた派手なミニ四駆が握られていた。

「それがこれです。まだ取ってあるんですよ」

そう言って、義孝さんはジップロックに包んだミニ四駆をバッグから取り出した。

彼より上の世代の、私が小学生の頃に持っていたのと同じモデルで、漫画の主人公にちなんだ「496」のマークがついていた。

「こんな古くてダサいの、持ってるやつは周りに誰もいませんでした。僕の世代だと第二次ミニ四駆ブームの頃で、もっとかっこいいやつでしたからね」

義孝さんは、そう言って苦笑していた。

なぜか、ダサくて悪かったな若造、という気持ちがした。私のような人を「老害」というのであろう。

ノー・ディレクション・ホーム

その日、雅樹さんは朝から体調が悪く、出社したものの悪寒と頭痛が治まらないので、午前中で仕事を切り上げて早退した。近くのドラッグストアに寄り、食料と飲み物、それに解熱剤を買って帰宅する。熱を測ると、三十八度を越えていた。食欲はなかったがおにぎりを無理矢理に咀嚼《そしゃく》し、大きな錠剤をお茶で嚥下《えんげ》する。吸水性のよいパジャマに着替え、冷凍庫から取り出した保冷剤を枕に当てて、冷えたベッドに潜り込むとようやく少しばかりの安堵感が訪れた。枕元には、スポーツドリンクの大きなペットボトルを置いておく。

震えが止まらない。いっこうに眠くもならない。

雅樹さんは、ワンルームひとり暮らしのわびしさが身に堪《こた》えるのと同時に、腹が立ってきた。なんで俺がこんな思いをしなくちゃいけないんだ、何も悪いことはしていないし仕事だって毎日真面目にやっているんだぞ。俺なんかより、もっと具合悪くなるべきやつがいくらでもいるじゃないか。心の中でいくら毒づいても、誰も聞いてくれる人はいない。実家の両親は遠い地方に住んでいるし、彼女とは二ヶ月前に別れたばかりだった。頼れるものが何もないことは、本当に心細い。雅樹さんは、学生の頃に先輩から教えられた、ボブ・ディランの「ライク・ア・ローリング・ストーン」の歌詞を思い出していた。どんな気がする？　どんな気がする？　頭の中でディランが執拗《しつよう》に問いかけてくる。どうもこうもねえよ、と毒づいてまた目を閉じ、眠りの世界へ逃避しようとするがうまくいかない。

軽い吐き気をおぼえてベッドから這い出た。こういうときは我慢しても仕方がない。出すものがないと余計に苦しくなるので、冷蔵庫から出した牛乳をコップに二杯飲み干してからトイレに入る。おにぎりはすっかり消化されていたようで、大量の胃液と牛乳だけが食道を逆流した。水分を補充するため、枕元のペットボトルでスポーツドリンクをがぶ飲みし、再びベッドに潜り込む。じっとりと汗が湧いてきた。

ようやく少し眠くなってきたような気がする。そう思ったタイミングで、鍵をかけてあるはずの玄関が音もなく開かれた。

入ってきたのは、頭が天井につくほど背の高い、身長二メートルはゆうに超えているであろう、若い女だった。動物園の飼育員らしきサファリ風の作業服を着て、濃い緑色のキャップを被り、手には竹のホウキと金属製のバケツを持っている。かがんだ姿勢で、靴のままどかどかと上がり込んできたその女は、「ああ、もう」とため息まじりに言ってバケツを床に置いたかと思うや、雅樹さんが横たわっているベッドを軽々と持ち上げて、空になったペットボトルやおにぎりのパッケージなどをホウキでばさばさと掃き取り、部屋の隅に広げてあるゴミ袋に突っ込んでいった。ベッドごと、元の場所にどすんと置かれた雅樹さんが呆気に取られていると、今度はバケツを彼の眼前にずいと突き出してきた。年季が入ってあちこち凹んだバケツの中には、濃茶色のお粥《かゆ》みたいなものがなみなみと入っていて、これまた年代物らしい金属の柄杓《ひしゃく》が突っ込んである。女は、どろどろしたものを柄杓で掬《すく》うと、「ん」と雅樹さんの口元に持ってきた。食え、ということであろう。反射的に顔をそむけた。女は、閉じた歯の隙間から「しーっ」と音を立てて空気を吸い、苛々した様子で雅樹さんの頬をつかむ。巨大な手で無理矢理口を開かされ、柄杓で掬ったお粥を流し込まれた。

熱くはない。人肌より少し温かい程度だった。軽い苦みと濃密な茶の香りがする。中華風の、烏龍茶粥だということがわかった。むせそうになりながら、窒息しないよう必死で嚥下《えんげ》していく。うまいもまずいもあったものではなかった。

もう食えない、というところまで茶粥を詰め込まれると、ようやく女は雅樹さんから手を放した。腰のポーチからタオルを取り出して、雅樹さんの顔についた汚れを拭《ふ》き取り、「はあ」とため息をつくと、お粥がたっぷり残ったバケツと、竹ボウキを持って部屋を出ていく。雅樹さんは女が去るのを見て、そのまま眠りに落ちた。というより気を失ってしまった。

暑さで目を覚ますと、もう夜中だった。雅樹さんは、汗ですっかり濡れたパジャマを脱いで、タオルで身体を拭いてから新しい下着を身につけ、スポーツドリンクで解熱剤を飲み下してから再び目を閉じる。今度はすぐまた眠り込むことができた。

次に目を覚ましたのは朝の八時である。体温は平熱に戻っていたが、念のためその日も仕事を休み、二合炊きの炊飯器に残っていた茶粥を食べて過ごした。

熱にうなされて夢でも見たんだろうと思ったけど、炊飯器を開けてみたら茶粥が残っていたんですよ。そんなもの作った覚えはないです。お粥なんか炊いたことありませんし、中華粥を食べたことだってありません。このときが初めてでした。

でもね、食い終わってみると、意外にうまいもんだなって思ったんですよ。あれから、ガチ中華の店に通うようになったんです。いろんなお粥を食べにいってみたり、自分でもレシピをいろいろ試してみたりしてね。油条（揚げパン）が入ったやつもおいしいし、鶏肉とか海老とか入れてもうまいですね。ええ、もちろん米から炊くんです。ご飯を煮たやつはだめですよ、あれは雑炊っていうんです。お粥はやっぱり生米から作らないとね。

雅樹さんは、マオタイ酒をちびちび飲みながらそう捲し立てている。私は、またずいぶん遠いところに着地したものだな、と思いつつ冷たい烏龍茶をおかわりして、最後の一切れになったよだれ鶏へ箸を伸ばした。

青春サイクリング

明宏さんが夕方から深夜までのアルバイトを終え、自宅までの夜道を歩いていると、向こうからライトのついた自転車が走ってきて、五メートルほど前方でがしゃんと派手な音を立てて倒れた。誰も乗っていなかった。

よく見ると、大学の友人である圭祐さんのロードバイクだ。フレームに書かれたブランド名を、圭祐さんはよく自慢していたし、ステッカーにもよく見覚えがある。辺りを見回したが、圭祐さんの姿はどこにも見当たらない。

怖いと思うより先に、圭祐さんの身に何かあったのではないか、と明宏さんは心配になった。ライトがついたままの自転車を起こしてまたがり、ペダルをこぐ。

変速ギアの操作法がわからないので、そのまま必死にこぎ続けた。十五分ぐらいで、圭祐さんのアパートへたどり着く。

よく夜中まで飲み明かし、たびたび泊まったこともあるなじみ深い部屋の窓から、激しい炎が噴き出ていた。すでに野次馬が何人も集まっており、消防車のサイレンが近づいてくるのも聞こえる。明宏さんは、何もできないまま圭祐さんの名前を呼んだが、返事はどこからもなかった。

火事はまもなく消し止められたが、圭祐さんの部屋は全焼した。出火の原因はタバコの不始末とのことだったが、部屋に圭祐さんはおらず、友人知人の家やアルバイト先など、どこにも彼が立ち寄った形跡はない。そのまま彼の行方は杳《よう》として知れず、間もなく失踪宣告の期日を迎える。

ロードバイクはそのまま明宏さんが持っていて、圭祐さんがいつ帰ってきてもいいように手入れを欠かさないでいる。彼の両親が家庭裁判所に手続きをしたら、正式に譲ってもらう約束をしているが、それでもやはりいつか返したいと思っている。

結婚したばかりの奥さんに、乗りもしない自転車をどうして処分しないのかと言われるのが、目下の悩みだという。

儀式の日

力也さんが、出張先の町で古びたパチンコ屋に入ると、有名人の来店イベントらしきものをやっていた。

近頃のパチンコ屋は、出玉を煽《あお》るようなイベントデーの告知は禁止されているので、そうやって客寄せのイベントを行うのである。パチンコ雑誌のライターや、ナイスバディのグラビアアイドルが来ることが多い。

ただ、その日に力也さんが見たのは、白い和服を着たおじいさんが、老若男女大勢の客たちに担ぎ上げられ、神輿《みこし》のようにわっしょいわっしょいと揺らされている姿だった。おじいさんの顔は血の気が失せ、意識もほとんどないように見える。

こんなところで打ちたくない、と思ってやめた。

宿に戻ってからネットでいくら調べても、そんなイベントの告知はどこにも出ていなかったし、全国のパチンコ店が網羅されている情報データベースを見ても、そもそもあの店が載っていなかった。

なお、データベースに載っていない店も、時には存在するものではある。

通し

三軒先のあまり付き合いのない家でおばあちゃんが亡くなったが、初七日まで毎日、うちの壁をすり抜けて家の中を横切り、隣の家へ入っていっていた。

制し

相手が次に話す言葉を予想し、先に言ってびっくりさせるのが特技だが、知らないはずの、亡くなった弟さんの名前が口から出てしまったときはさすがに自分でも驚いた。

潰し

太ももの内側によく腫物ができるが、潰すたびにヂッ、ヂッと小動物の鳴き声みたいな音が聞こえる。

干し

十年前に通勤電車の中で捕まえた蛙が鞄の中に入ったままだが、今でもたまに動くので捨てるに捨てられない。

乗っ取り

梨々花さんの親友だった瑞希さんが、何の前触れもなく自殺した。彼氏との交際も順調で、職場の人間関係も良好であり、健康状態にも経済的にも何の問題も見つからないので、梨々花さんは悲しみより不可解な気持ちが先に立って、自問自答していたがどうしても答えは得られなかった。

瑞希さんのSNSアカウントを見ても、何の悩みも吐露されていたことはなく、日常の些細な楽しいことや、美味しい食べ物の写真や、テレビ番組の感想などが投稿されていた。

更新は瑞希さんが亡くなってからも続いており、ときにはまったく記憶にない、梨々花さんと瑞希さんが一緒に写った、大型テーマパークで撮ったらしき画像も添付されている。

気味が悪いのでそのアカウントをブロックしたが、次の日にはなぜか解除されていて、自分のアカウントから「楽しかったね、また遊ぼうね」とリプライが送られている。自分のスマホには入っていない、撮ったおぼえもない、そもそもそんなことをしたおぼえもない、梨々花さんが瑞希さんの頬にキスをする画像が添付されていた。

すぐにアカウントを削除する手続きをしたが、いつまで経っても投稿も画像も削除されず、新しい投稿は毎日増えている。

子供の名前

健一さんが問屋街の横断歩道で信号が変わるのを待っていると、低いところから視線を感じた。

一歳半ぐらいの、よちよち歩きの赤ちゃんが怪訝そうな顔でこちらをじっと見ていた。すぐそばで、二十歳そこそこらしい若いママが「ケンちゃん、早くおいで」と声をかける。健一さんは子供に微笑みかけた。ケンちゃんはにっこり笑って、ママのほうへ駆け寄る。信号が青になったので歩みを進めた。

自分が生まれてすぐ亡くなった母だ、と気づいて振り返った。誰もおらず、街中だというのになぜか車に轢《ひ》かれたタヌキの死骸が路上に放置されているだけであった。

独身貴族（仮）

単身赴任で妻子と離れ、十五年ぶりに独り暮らしをすることになった、純一さんの体験である。

入居したのは会社が用意してくれたマンスリーマンションで、築年数は古いが綺麗にリフォームされており、いかにも使い勝手がよさそうなオール電化のキッチンにセパレートタイプのバスとトイレ、冷凍庫付きの冷蔵庫、リモコン式の照明とネット回線、それに配信動画も見られるスマートテレビまで完備されており、ひと目で気に入った。学生時代に暮らしていた、じめじめした安アパートとは雲泥の差である。

持参したのはわずかばかりの着替えと、私用のノートパソコンぐらいで済んだ。引っ越しというほどのものではない。新居のデスクでパソコンを開き、これからのタスクとスケジュールを整理していると、なんとも胸がわくわくしてきた。

ふと、トイレから、女のうめき声がした。誰かいるのか、と思ってドアを開けてみると、セーラー服にもんぺ姿の女学生が、閉じられた便器の蓋に腰かけて、三つ編みおさげの頭を掻きむしっていた。誰だ、と声をかけると黒目のない顔でこちらを眺め、にっこりと微笑んですぐに消えた。

別に怖いとも不愉快とも感じなかった。

パソコンの電源を落とし、シャワーを浴びてリビング兼寝室へ戻ると、部屋の天井から裸の白人マッチョ男性が生えて、上腕二頭筋を強調するポーズをとっていた。逆さ吊り状態で、へそから下は白い天井に埋まっている。白い歯をむき出しにした笑顔に、短い金髪と青い瞳がよく映えていた。思わず手を伸ばして触ろうとしたが、純一さんの指が届くか届かないかのタイミングで、白い煙になって換気扇に吸い込まれていった。

照明を落とし、ベッドで横になる。目を閉じてすぐ、全身が突っ張る感覚がした。布団の中で、大きな蛇のようなものが這い回っている。女の太ももぐらいの直径があるように感じられた。さらさらした肌触りが心地よい。身体に絡みついたり、締めつけてきたりする様子はなかった。撫でられているように思われる。純一さんは、その存在に頼もしさをおぼえながら眠りの世界へと落ち込んでいった。

これが独身の醍醐味だよな、と純一さんは思った。

それから一ヶ月が経つが、これらはほぼ毎日、入れ替わりながら純一さんの前に現れている。昨日はトイレに白い蛇がとぐろを巻いており、天井から女学生が生え、ベッドでは筋骨隆々の肉体が純一さんに密着して添い寝していた。

「これがねえ、楽しいんですよ。歓迎してくれているのがわかるんです。毎日一緒に遊ぶ友達なんて、大人にはなかなかいないですからね。今年いっぱいはこっちにいる予定なので、それまでたっぷり交流するつもりです」

ただ、来週には奥さんが泊まりに来るので、どうごまかしたらいいのか悩んでいるという。奥さんも一緒に楽しめばいいじゃないですか、と言ったら顔をしかめて「そういう問題じゃないんですよ」と返された。

ではどういう問題なのか、いくら考えても私にはわからない。

若き黄金の日々

私は、祖父母がわりに早く亡くなっていることもあり、大人になってからは高齢の人と日常的に接する機会がなかった。まして百歳のご長寿ともなると、テレビでたまに見る程度だ。そんな私にとって、いま目の前にいる茂雄さんは、初めて目の当たりにする百歳の男性である。

こちらが持っている百歳のイメージといったら、まず鶴のように痩せていて、目鼻もおぼつかないほど表情が衰えていて、口元がふるえ、皮膚は脂気《あぶらけ》がなくかさかさしている、といったところだが、そんなステレオタイプとは全く違う、矍鑠《かくしゃく》として精力的な、男だった。顔の肌にはいくつかシミは見られるものの弾力と艶《つや》があり、表情もきっぱりとした意志の強さを表している。口元だって、自前の歯がまだちゃんと残っているそうで、ふるえなんて全然ない。髪の毛はさすがにほとんど残っていないが、それはこちらも同じことだ。

手足もしゃんとしており、外出のときは電動車椅子を使うそうだが自宅では自分の足で歩いているという。

「トイレだって自分で行けますよ、バリアフリーにしたからね。やっぱりオムツを使うのは勘弁してほしいからねえ」

聞き取りやすいはっきりとした声で、茂雄さんはそう言って笑う。

ここは、茂雄さんが息子や孫夫婦と暮らしている、北関東のある都市郊外に建つモダンで広い邸の、日当たりのよい一室である。八畳の和室に、ほとんど本が入っていないがらんとした本棚と簡素な文机、高齢女性の遺影が飾られた質素な仏壇、それに電動リクライニング式のベッドが設《しつら》えてあり、それに腰かけて話していた。

「本はね、ほとんど処分しちゃった。終活というやつですよ、息子に泣きつかれましてね。いいかげんにしてくれ、お袋どころか嫁まで親父より先に死んじまった。早くしないと俺も死んで、本の整理もできなくなっちまう、なんてね。あなた怪談をやるんでしょう、小泉八雲《こいずみやくも》の古い版の本とか、福来友吉《ふくらいともきち》の著書なんかもあったんですよ。それもこれも、古本屋に来てもらって綺麗さっぱりなくなりました。まあまあいいお金はもらえたし、また誰かに読んでもらえれば本だって本望でしょう。おっ、駄洒落《だじゃれ》ですね。へっへっへ」

私は、百歳の老人がこんなに饒舌に喋るものだとは知らなかった。補聴器のおかげで、こちらの言葉もそれほど支障なく聞き取れているらしい。心配していたが取材はうまくいきそうだ。

私がここへ来たのは、お孫さんの招きである。怪談を集めている鷲羽という男がいる、と知人から聞いた孫の俊晴さんが、祖父にその話をしたところ、それなら話したいことがあると申し出てくれたのだった。それから何度か、俊晴さんとメールや電話でのやり取りをして、彼からもいくつかの体験談をいただきつつ、今日のご自宅訪問に至ったというわけである。

茂雄さんは、「これはもう七十年も前のことで、細かいところには記憶違いもあるかもしれないけど」と前置きして、過去の体験を話してくれた。以下は、その内容を私が再構成したものであり、また言うまでもなく人や土地の固有名詞、年代、起きた事件の詳細などに関しては、関係者のプライバシーを保護するため変更を加えた点があることを、あらかじめお断りしておく。

日本が敗戦の痛手から朝鮮戦争の特需景気を経て、ようやく立ち直ってきた時代のことである。

東京のオートバイ工場で働いていた茂雄さんには、正志さんという親友がいた。同郷の友人で、戦争前からの古い付き合いだ。軍需工場の技師として国内で玉音放送を聞いた茂雄さんと違い、正志さんは召集されて南方で終戦を迎え、多くの戦友を失いながら帰ってきた復員兵である。空襲で家族も失い、天涯孤独になった正志さんを、茂雄さんは自分の住む実家に間借りさせて、親身になって支えた。やがて正志さんは寿司職人の職を得て、涙ながらに家族に礼を言って、間借りしていた部屋を出ていき、自立することができたのだった。茂雄さんも間もなくひとり暮らしをはじめた。

戦争の記憶が少しずつ遠くなるにつれ、彼らの生活はしっかりした基盤を持つようになっていき、茂雄さんが好きな本を読むことを楽しんでいたのに対し、正志さんは戦中の空白を埋めるかのように女出入りが激しくなった。ある時はたちの悪い美人局《つつもたせ》のような女に引っかかり、あやうく指をつめさせられそうになったこともあり、またある時は良家の娘に手を出して、なかば脅しのように手切れ金を押し付けられたこともあった。

「正志というやつはねえ、本当によく女にもてました。特に優れた容貌というわけでもないんですよ、でもどこかさみしそうなところがあってね。そこが、女から見れば魅力だったんでしょうな。母性本能をくすぐる、というやつですか。太宰治《だざいおさむ》みたいな天才でもないのに、そういうことってあるんでしょうね」

茂雄さんは、そう言って親友の面影を懐かしむ。ちょっと翳《かげ》のある、細身で男らしい風貌の持ち主だったようだ。そんな正志さんが、ついに身を固める決意をしたというのである。

茂雄さんと待ち合わせていた焼き鳥屋に、正志さんと連れ立ってやってきたのは、小柄で痩せた、少女と言ってよさそうなひとだった。長く伸ばした黒髪を後ろで束ね、地味なブラウスとスカートを身に着けている。つるりとした玉子型の顔には、草食の小動物を思わせる、どこか怯えたような表情があった。由香利という名前で、正志さんが勤めている寿司店の、大将の知人の娘だという。正式なお見合いをしたわけではないが、何かの席(聞いた気はするが何だったかまでは思い出せない、と茂雄さんは言う)で会ったときに正志さんがぞっこん惚れ込み、口説き落として婚約にこぎつけたのだそうだ。

茂雄さんは、お祝いとしてビールと特級酒をすすめた。由香利さんははにかみながら、

「お近づきのしるしに、ありがたくいただきます」と酒の注がれたお猪口を次々に空にしていった。見た目によらず、いける口らしい。正志さんは、由香利さんの美しさや気立ての良さを自慢げに語りながら、ビールを立て続けに四本も飲み干していった。茂雄さんは、豚の臓物（この当時、安い店では焼き鳥と称して豚の内臓肉を串焼きにしたものを出すのが普通だった）で焼酎を呷《あお》りつつ、ふたりの仲睦まじい様子を微笑みながらいつまでも眺めていた。その日は三人で店を三軒はしごし、勘定はすべて茂雄さんが持った。せめてもの結婚祝いである。

　天涯孤独の正志さんだが、寿司屋の大将が媒酌人をつとめてささやかな結婚式を行い、店に近いアパートの一室で新生活が始まった。その生活がどんなものだったか、詳しくは茂雄さんも知らない。決して裕福ではなかったはずだが、若いふたりならたいがいの苦労は乗り越えられるだろう、と思うばかりだったという。茂雄さんは、相変わらずオートバイ工場で働きながら、読書を楽しんでいた。文学青年というわけではなく、もっぱら娯楽小説だったそうで、当時のお気に入りは『銭形平次捕物控』や『若さま侍捕物帖』といった、肩の凝らない時代小説だった。「そりゃあね、太宰だって安吾《あんご》だって、勉強だと思って読みましたよ。でもブンガクってやつはどうにも目が疲れてしまってね。捕物帳のほうが気楽に読めたね」と茂雄さんは述懐している。その気持ちは私にもよくわかる。

正志さんの結婚生活は一年にも満たなかった。離別ではない。死別である。

仕事を終えてひとり暮らしの下宿へ帰った茂雄さんが、いつものように貸本屋から借りてきた時代小説を読んでいると、下宿のおかみさんが呼びにきた。「おまわりさんが来てるよ」と眉をひそめて言うのである。警察に呼ばれるような覚えはないが、袢纏《はんてん》をひっかけて玄関へ出てみると、ねずみ色の背広を身に着けた、目が鋭く屈強な男ふたりと、制服の警官ひとりがいた。ひとりの刑事が警察手帳を示し、「昨日あなたのご友人、正志さんがお亡くなりになりました」と告げたのである。

警察官たちの話によれば、正志さんは寿司屋の定休日で自宅のアパートに居たのだが、夕方に何者かが訪ねてきて、連れ立って出かけていく後ろ姿を同じアパートの住人が目撃したのが、生きている彼の足取りが確認された最後である。そして、自宅からほんの百メートルほどしか離れていない、公園のベンチで座ったまま死んでいた。右手にアイスピックを持ち、胸の前に置いた左の掌もろとも心臓を一突きに貫き、即死したとみられる。発見したのはこの辺を根城にするバタ屋（当時は廃品回収業者をこのように呼んで差別していた）である。

妻の由香利さんは、近所の印刷工場で経理の仕事をしており、その日は決算が近いので残業をしていた。呼び出された警察署で夫の遺体と対面し、その場で気を失って倒れたという。茂雄さんは、警察から正志さんの交友関係や、トラブルについて事情聴取をされた。過去には女性関係でのトラブルもあったが、結婚してからは品行方正に過ごしていると聞いていました、と正直に答える。刑事たちは、収穫なしかと舌打ちせんばかりの表情で、口調だけは丁寧に「ご協力ありがとうございました」と言って引き上げていった。

どういうわけか、捜査は難航した。中肉中背の男が正志さんの自宅アパートを訪れ、連れ出したのは確かなのだが、同じアパートの人はその後ろ姿しか見ておらず、人相はまったくわからない。凶器のアイスピックも、正志さんのものだった。家からそんなものを持ち出すなど、尋常ではない。何かよほど重大な揉め事があったのでは、と思われたが警察がいくら調べても出てこなかった。アイスピックには正志さんの指紋しか付いておらず、自殺か他殺か断定することすらできないまま、結局は迷宮入りとなったのである。

お葬式は、遺体が警察から帰ってきてすぐに行われた。小さなアパートに簡素な祭壇が設えられ、由香利さんが喪主をつとめた。妻のほかには身寄りのない正志さんだけに、弔問客はごく少なかった。ありったけの現金をお香典として持参した茂雄さんは、喪服の由香利さんを見て目を疑う。

あんなに痩せて子供っぽかったのが嘘のように、みっしりと肉がついて大人の女になっている。それに顔も、のっぺりとした印象だったのがぐっと彫りが深くなって、なんともいえない陰翳をたたえていた。夫を亡くした憔悴、というだけの変化では到底ない。女というのは一年かそこらでこんなに変わるものなのか、としばし悲しみすら忘れてその横顔を見ていた。

主人はあなたの話ばかりしていました。あなたのご実家に間借りしていた頃が懐かしい、あの頃が一番楽しかった、としきりに言っていたものです。そう言うと、真っ赤に泣きはらした由香利さんの目から、新たな涙があとからあとから湧き出てきた。

百箇日の法要が済んだころ、茂雄さんは由香利さんに「形見分けをしたいので、家に来てください」と呼び出された。思い出の品ぐらいは持っていてもいいだろうと、ふたたびあのアパートへ赴く。正志さんの背広、懐中時計、万年筆、そういった細々とした品がいくつか残されていた。男の人のものですし、私が持っていても仕方ありませんから。白いブラウスの上に地味なカーディガンを羽織ってそう話す、由香利さんの声が耳の奥で神経にからみつき、地の底へと引きずり込むように感じられた。茂雄さんの意識を、真っ赤な情動が塗りつぶしていく。気がついたときには、由香利さんを畳の上に組み伏せていた。まぶたを柔らかく閉じた彼女の、うっすらと開いた歯の隙間からは舌がわずかにのぞき、熱い吐息が漏れるのがわかる。とまどう茂雄さんの後頭部に、冷たい指が触れた。由香利さんが顔の後ろに手を回してきたのだ。こんな細い腕のどこにそんな力があるのか、と思うほど強く引き寄せられ、甘い香りのする唇が向こうから吸いついてくる。ブラウスのボタンがひとつずつはずされ、みっしりと盛り上がった胸が開かれていくと、さらに濃厚な雌《めす》の匂いが立ちのぼってきた。

「初めてだったんですよ。あなたのようなお若い人はご存じないだろうけど、昔は赤線というのがあってね、江戸時代の遊郭みたいなところが残っていたんです。男はだいたいそういうところで女を知るものだった。でも、私はどうにも引っ込み思案でね、そんなところには近寄れなかった。そんな小僧が、生まれて初めて触れたのが親友の妻だったひとですよ。そりゃあね、決して褒められたことではないです。人倫に悖《もと》る、と言われたら何一つ言い返すことなんかできないですよ。だけど、人間ってそんなものなんじゃないかな。私ぐらいの年になるとね、いろいろなことがどうでもよくなるんです」

正志さんの死を悲しむもの同士、お互いに慰めあうような気持ちがあったのかもしれない。背徳感も、若いふたりの熱情を煽りこそすれ妨げるものではなかった。茂雄さんは、三日とあけず由香利さんの住むアパートに通い、柔らかい肌に溺れるようになる。由香利さんの情熱もすさまじいもので、茂雄さんが部屋に入るなり、ものも言わず首っ玉にかじりついてきて、そのまま床の上を転がり回るような日も少なくなかった。これが女というものかと思うと、かつての正志さんが乱れた生活をしていたのも、理解できるような気持ちがした。

女の柔らかい肌に触れていると、今まで知らなかった自分が次々に現れてくる。いとしい、という言葉で表される感情がどんなものなのか、初めてわかった。手の中でいろいろ形を変える温かい肉は、ほんの少し角度を変えて触れるだけで違った表情を伝えてくる。引っ込み思案だった茂雄さんは、女を買いに行ったとして、どうすればいいかわからなくなってしまうのではないかと恐れている部分があった。しかし、そんなことはないのだと由香利さんの肌が教えてくれた。あんなこともしよう、こんなこともしよう、後から後から新しい欲望が立ち上がってくる。お互いの身体がひとつずつしかないのが、もどかしいほどだった。

そんな爛《ただ》れた愛欲の日々が半年ほど過ぎた頃に、茂雄さんは思いもよらない新たな自分を見つけることになる。

ある夜ふたりは、いつものように延べられた夜具の上で互いの身体をまさぐり合っていた。しっとりと脂が乗り、きめの細かい由香利さんの肌を撫で、さすっているうちに、ふと意地悪な気持ちが首をもたげてきた。爪の先で、腰骨のあたりの皮膚をきゅっとつねる。いつもの甘く媚びるような吐息とは違う、切迫した声が漏れるのがわかる。背筋に冷たい快感が走った。もう一度、今度は上半身に手を伸ばし、胸の先で尖る突起に、かりっ、と爪を立てる。ひう、と悲鳴に近い声を喉の奥で殺す様子が、茂雄さんのささやかな悪意を満足させた。

その夜はそれで済んだが、触れ合った肌と肌の間から湧き上がってくる悪意は、どんどんエスカレートしていく。次に会ったとき、茂雄さんは由香利さんの内ももに歯を立てていた。皮膚と皮下脂肪の弾力が心地よい。ぐっと力を込めると、女は枕を口に圧しつけて痛みをこらえていた。その姿を見て、茂雄さんの中に意外な感情が発生した。

こらえられないほど激しい、憤怒《ふんぬ》である。

美しい顔が苦痛に歪《ゆが》み、それでいてどこか恍惚《こうこつ》とした表情をたたえている。どこにも気に食わないものなどない。そのはずだ。なのに、茂雄さんは怒りにまかせて内ももののあちこちに激しく食らいつき、上下の前歯を強く食い込ませていく。たちまち、紫色の内出血を伴った歯型が、白い肌を汚していった。由香利さんの顔を見ると、真っ赤に火照った頬を涙がつたい、夫の葬儀でも見せなかったほど激しく泣いている。茂雄さんは首筋にかじりつき、頸動脈を犬歯で噛みしめながら強く吸い上げた。そして両手で細い首をわしづかみにすると、力を込めて握りしめながら立ち上がり、自分の頭より少し上ぐらいの高さまで吊り上げていった。しなやかな裸体が突っ張ったかと思うと、だらりと力が抜けていくのがわかる。両目の瞳はぐるりと裏返り、熱い涙を満々とたたえたまま真っ白く見開かれていた。その姿に深く満足した茂雄さんは、おびただしい白濁液を噴出しながら失神したのだった。

どれくらい意識を失っていたのかわからないが、ぐっしょり汚れた布団の上で由香利さんより先に目を醒ました茂雄さんは、これで終わりにしなければ俺はこの女を殺すな、という確信を持った。

「もう別れようと私が言ったらね、あのひとは微笑んだまま頷《うなず》きました。君のことを本当に愛している、でも君といたら僕は僕でなくなってしまいそうだ。そんなことを言った覚えがあります。そうしたらね、私に謝ってきたんですよ。ごめんなさい、わたしはあなたのことを都合のいい道具にしてしまった。悪いのはわたしです、だからあなたはどうか気に病まないでね。あちこち噛み痕だらけの身体でね、あのひとはそう言ってくれたんですよ。私の人生でね、あんな風に傷つけたくなった相手は、後にも先にもあのひとだけでした」

人の首を絞めることで性的興奮を得る、という例はままある。私も含め、格闘技に親しんできた者にとって、首絞めという行為は健康で爽快なスポーツの技でしかないが、ある種の人間にとっては淫靡《いんび》な悦《よろこ》びの行為となり、そのような性的嗜好のために人の生命を損なう結果になった、という事件だっていくつもある。

また、愛欲の中でサディズムやマゾヒズムが発現することも、それほど珍しいことではなかろう。そう考えれば、茂雄さんのこの話は単なる性体験談なのかもしれないが、語りの熱があまりに異様だし、まだ続きがあるというので聞いていくことにした。

由香利さんの家に通うのをやめて、茂雄さんは抜け殻のような日々を送っていた。職場へ行っても仕事が手につかない。家で好きな本を読むどころか、食事をする気も起きず、ときには三日も何も食べずにいることもあった。そのせいか体調を崩し、当時はまだ感染者の多かった結核にかかり、しばらく入院を余儀なくされたこともある。仕事も失うことになり、この時期が人生でどん底でした、それでも人生は続くんです、食っていかなければなりません。そう話す茂雄さんの瞳は、はるか遠くなった青春と愛を懐かしむ、夢見る風情があった。ひとは百歳になってもこんな目をすることができるのか。私は自らの、茂雄さんの半分にしかならない人生を振り返るに、これほど深く愛着する日々があっただろうか、と思うと心胆《しんたん》寒からしめるものを感じた。

ようやく健康を取り戻し、なんとか電機メーカーに新たな職を得た茂雄さんは、今度こそ自分の人生を力強く歩いていこう、と決心した。あれほど愛したひとを捨ててまでも、僕が僕でなくなってしまうことを避けたのだから、もっと将来のことを大切に考えて生きていこう。そう考えたというのである。

がむしゃらに働き、日本経済に訪れた天地開闢《かいびゃく》以来の好景気もあって、生活はぐんぐん向上していった。住居も家具も上等なものに変えていき、そろそろ家庭を持って人生の新たなステージに進もうか、と思い始めたころ、茂雄さんは新聞記事に由香利さんの名前を見つける。別れてからすでに三年の月日が流れていた。

印刷工場の経理を辞め、連れ込み旅館（現在でいうラブホテル）の女中（現在でいう女性サービススタッフ）として働いていた由香利さんは、父親の知人である、正志さんがつとめていた寿司屋の大将を殺害した罪で逮捕されたのだった。

当時の煽情《せんじょう》的なカストリ新聞が伝えたところによれば、由香利さんは十四歳の頃、寿司屋の大将によって半ば暴力的に犯されて以来、愛人として囲われており、父親も金銭を受け取って公認していた。それが、従業員である正志さんが彼女に惚れ込んだので、関係を清算するいい機会だとばかりに結婚させたのだが、夫の死後はふたたび関係が復活したのである。ところが、男は年齢により精力に衰えがみられ、逆に妾《めかけ》のほうが成熟して欲求が強くなった。それで関係が険悪になり、逆上した男がしばしば暴力をふるうようになる。敏感な部分をつねる、肌の柔らかいところに痕が残るほど噛みつく、ときには失神するほど首を絞める。そんな数々の折檻《せっかん》に耐えられなくなった由香利さんは、大将が眠っているすきに、厨房から持ち出してきたアイスピックを胸に深々と打ち込んだ。ただの一突きで心臓を貫いて絶命させ、返り血で汚れた寝間着のまま、近くの交番へ駈け込んで自首したというのである。

どこまで本当かわかったものではないが、新聞には由香利さんの写真も載っていた。紙も印刷も粗悪で不鮮明なものだったが、三年前よりもかなりやつれており、今更ながら荒んだ暮らしぶりが見てとれた。

何より茂雄さんが衝撃を受けたのは、由香利さんが「夫もわたしが殺しました」と泣きながら供述した、という一文である。

しかし、この事件の続報はそれほど出なかった。由香利さんは夫殺しを自白したものの、犯行時間には職場で働いていたという動かぬアリバイがあり、実行犯についても合理的な説明がまったくできなかったことから、愛人殺しで気が動転してあらぬことを口走っただけだと判断され、立件は見送られた。裁判でも、被害者による折檻の痕が彼女の身体に残っていたことが有利にはたらき、懲役六年という比較的軽い刑にとどまったのだという。

この事件から間もなく、茂雄さんは職場の上司に勧められてお見合いをし、結婚した。由香利さんは、かつて茂雄さんもそうだったように結核に侵《おか》されており、逮捕されたときはすでに病状がかなり重くなっていたようだ。判決が出た次の年、弁護士を通じて由香利さんからの手紙が届いたのだが、送り主の住所は重病人が収容される医療刑務所だったのである。

「便箋十枚以上もある、長い手紙でした。妻に見つからないよう、こっそり読んだものですよ。内容はね、とにかく迷惑をかけて済まなかった、申し訳なかったということを繰り返し繰り返し、表現を変えながら延々と書いていてね。正志のことは何も書いてありませんでした。きっと、夫を殺したと言ったのも本当にただの世迷言《よまいごと》だったのでしょう。思えばかわいそうな女です。手紙の最後には、私はもう長くないでしょう、あなたはどうか幸せになってください、そんなことを書いていました。読んですぐに燃やしたので、もう詳しいところは思い出せないけどね。え？　今でも彼女のことを愛しているかって？　とんでもない。あなたね、愛というのはそんなに都合のいいものではないよ。

妻とはね、彼女が亡くなるまで四十年も連れ添ったんです。ほかに愛している人がいたりしたら、続けられるものではないんですよ」

奥さん（孫の俊晴さんにとってはお祖母《ばぁ》ちゃんである）が亡くなってから三十年間、茂雄さんはずっと妻の菩提《ぼだい》を弔《とむら》って暮らしており、由香利さんのことはつい最近まで思い出すこともなかったそうだ。

「でもね、半年ぐらい前のことなんですけど、正志の夢を見たんですよ。それがね、若い頃の私が、正志を殺す夢なんだ。眠っているあいつの胸に、私がアイスピックを突き刺すんですよ。夢の中だからね、血も出ないし微動だにしないの。だけど、夢の中の私はそれを見て、ざまあみろと笑っているんだよ。それで目が醒めたら、百歳になる私がですよ、小僧っ子みたいにナニが勃《た》っていたんです。何十年ぶりだったかな、まあ驚いたわね。そのおかげで、あのひとのことまですっかり思い出したということです。私もいまのところ元気にさせてもらってるけど、いくらなんでもそろそろお迎えがくるだろう。その前に、誰かにこの話をしておきたいと思った。そういうわけですよ。とざい、とーざい、本日これにて打ち止めでござい」

茂雄さんは、おどけた様子を見せながらここまで話すと、さすがに疲れたらしく、リクライニング式ベッドの背もたれに身体をあずけて目を閉じた。

私は、ありがとうございますと口の中で言い、茂雄さんに向かって頭を下げ、孫の俊晴さんが控えているリビングへ向かうことにした。彼も不思議なお話を聞かせてくれる約束である。

なお、後日インターネットや図書館で調べてみたが、当該の事件についての情報は、二〇二五年現在は見つけることができなかった。いくら便利な時代とはいえ、何でもあるとは限らないものだ。

お骨を拾いに

ああ、どうもお疲れさまでした。年寄りの相手は疲れるでしょう。どんな話でしたか。あ、いや、まだ言わないでください。本が出るのを楽しみにしていますから。

では、僕の体験した話です。

祖父の部屋で、遺影を見たでしょう。あれが、三十年前に亡くなった祖母です。そのとき僕はまだ四歳で、人が死ぬということもまだよくわかっていなかったし、生きている人と死んだ人の区別なんて全然つかないぐらいの年頃ですよね。

祖母の遺体と対面したのは葬祭会館で、もうお棺に入った状態でした。だけど、お棺の足下に、にこにこ微笑んでる祖母が立っていたんですよ。みんな悲しそうにしてるから、僕は「ばあば、ここにいるよ。にこにこしてるよ」って教えたんですけど、ほかの誰にも見えないみたいで、それでも母なんかは「そうなの、ばあばいるの。よかったねえ」って言ってくれました。まあ子供にはよくある話ですね。

それで、葬儀のあとは出棺して、火葬場に行くわけです。この辺の順番は地方によって違うみたいですけどね、うちではそうでした。

建て替えられたばかりのきれいな建物で、広い畳敷きの待合室があるんですよ。そこに、参列した親戚がみんな集まってね。僕なんか一番小さい子供でしたから、叔父さんやら叔母さんやら、従兄弟やら、みんな可愛がってくれるわけです。でも、さっきまでいた祖母はここにはいませんでした。

そのかわり、部屋の隅に、誰だかわかんない女がじっと正座していたんですよ。みんな黒い喪服なのに、ひとりだけ白いブラウスか何か着ていて。母よりちょっと若いくらいの、おばさんというよりお姉さんって感じでした。まあまあ美人だったけど、なんか気持ち悪い表情してるんですよ。にやにや笑っていて、口の端が片方だけ上がっていて。僕がそこを指さして「あのおばちゃん誰？」と言っても、今度は母も父も、祖父も「誰もいないよ、変なこと言わないで」と、取り合ってくれませんでした。

母が亡くなったのは一昨年《おととし》でした。同じ火葬場で荼毘《だび》に付したんですけど、もう僕も大人だったせいか、母の姿を見ることはなかったし、あの女もいませんでした。こういう話ってわりとよくあるじゃないですか、子供が葬式でホトケの姿を見るやつ。でも知らない人がいるってのはどうなんですかね。きっと火葬場に憑いた地縛霊か何かじゃないかと思うんですけど、別にあそこで死んだ人がいるわけでもないんですよね。霊の世界って、生きてる人間にはわからない理屈があるんですかねえ。来年には僕の子供が生まれるんです。その子も、小さいうちは母の、その子にとっては祖母ですね、祖母の姿を見るようなことがあるかもしれない。人間の生命って、そうやって受け継がれていくんだろうなあ。ロマンがありますよね。

俊晴さんは、骨拾いという葬送のクライマックスともいえる場で体験したことを、嬉しそうに話してくれた。その女には、本当に心当たりがない様子だった。

自己責任

自営業を営む英樹さんの、客先のひとつが倒産して、売り上げ金が回収困難になったことで事業の回転資金がショートしてしまった。このままではこちらも潰れてしまう。金策のためあちこちを駆け回ったがどうしても足りず、母の形見の指輪を売却して充当した。どうにか当座はしのげそうで、母が助けてくれたのだと思うことにした。

支払いを済ませ、焼き鳥屋で軽く飲んで帰ろうとしたら、店を出て間もなく黒塗りのワンボックスカーに後ろから撥《は》ねられた。衝撃でアスファルトの上を何メートルか飛ばされる。反射的に地面についた左手が、燃えるように熱くなるのを感じた。

酒気帯び運転の車に撥ねられ、左手の薬指と小指を切断する重傷を負った英樹さんは、運転していた若い男の親から多額の見舞金を受け取り、示談に応じた。

母に叱られたのだと思うことにしたそうだ。

お母さんというのはそういうものなのだろう。私の母もきっとそうするだろうと思ったが、よく考えたら母はまだ生きている。

完全変態

三郎さんが、甘く淫靡な夢から目覚めると、まったくの別人に変わっていた。

最初に気づいたのは、洗面所の鏡を見たときである。前の自分は一重まぶたで目が細く、起伏の少ないさっぱりした和風の顔立ちだった。それが、やや落ち窪んだ目と高い鼻を持ち、がっちりした顎で彫りが深い、いかにも男性的な容貌になっている。体格も、以前はさらりと平らかで、どちらかといえば中性的な体つきだったのが、ごつごつとした筋肉質のものに変容していたのである。

混乱した三郎さんだが、時計を見ると出勤時間が近づいていた。とりあえず着替えて会社に行かなくては、きっと行けば何とかなる、と思ったそうだ。サラリーマンならではの正常性バイアスであろう。通勤バッグには運転免許証が入っていた。写真を見ると、見慣れた昨日までの自分ではなく、今の自分の顔が写っている。職場に着くと、後輩社員がごく普通に「おはようございます」と挨拶をしてきた。上司も「三郎君おつかれさん、ところで今日の予定だが……」と何の違和感もなく話している。誰一人、自分の顔を見て怪しむものはない。

次の日は休みで、交際している彼女と会う約束をしていた。家まで来た彼女も、三郎さんを見て驚く様子はない。「俺、なにかいつもと違うところない？」と訊いてみても、「何？　髪でも切った？　そういうことは普通、女のやる行動じゃない？」とほとんど取り合ってもくれなかった。

実家の両親ですら、三郎さんの顔を見てもとくに反応はなかった。アルバムに貼られた幼い頃の写真を見ても、三郎さんの記憶にある「自分の顔」はどこにもない。彫りが深く男性的な、今の顔を幼くしたものしかなかった。

しばらく悩んで、脳神経内科の病院を受診し「自分の顔が突然変わったんです、記憶がおかしくなったんでしょうか」と相談したが、いくら検査しても異常は見つからず、「あまり気にしないで、ストレスをためずよく眠るようにしてください」と当たり障りのないことしか言ってもらえなかった。

それから三年が経過したが、相変わらず新しい顔のまま生活しており、この頃はだいぶ慣れてこの顔にも愛着がわいてきました、と三郎さんは話している。ただ時折、テレビを消したときに前の顔が黒い画面に映って見えることがあり、そんなときはほんの少しだけ胸が痛くなるような寂しさをおぼえるという。

なお、顔が変わる前夜に見た夢は、巨大な美女の口の中で、全身を飴のようにしゃぶられて、身体の表面がどろどろに溶けていくものだったそうだ。

蛹《さなぎ》とか繭《まゆ》などといった言葉が私の頭をよぎる。

客観視

とにかく腹が減っていた。この日は用事が立て込んでいて、食事を摂るひまもなく取材のアポ時間が来てしまった。取るものも取りあえず、着の身着のままで文博さんと約束していた飲み屋へたどりつく。約束の時間より少し早めに着いたはずだが、アポ相手はすでにだいぶ飲んでいるらしく、ほんのり赤い顔で上機嫌な様子だ。

店は、最近よくある昭和レトロをテーマにした内装で、わざとらしく黒電話やピンク電話がディスプレイされており、あちこちに男女アイドルのレコードジャケットが飾られている。有線放送ではチェッカーズがかかっていた。私より少し年上の文博さんにとっては、どストライクの年代らしい。こういうのいいよねえ、昔の曲はよかったねえ、と笑顔だ。私は子供の頃からアイドル歌手にまったく興味がなく、中でもチェッカーズは、どういうわけかは自分でもわからないが見かけると腹が立つほど大嫌いだった。とはいえそんなことを言っても仕方がないので、いいですねえ、と適当に話を合わせておいた。私にだってその程度の社会性はある。

好みでない音楽ぐらいは我慢できる。耐え難いのは空腹である。まして、この店は普通の居酒屋というのではなく、おつまみも出てゆっくり飲むことのできるラーメン屋、といった風情の店だった。テーブルに広げられたメニューには「当店おすすめ！ 濃厚スタミナにんにくラーメン」などという、こちらの胃袋を生々しく直撃する文字列が並んでいる。みそ味らしきスープに、分厚いチャーシューとポークソテーと呼んだほうがよさそうな分厚いロース焼き、小ぶりの鶏唐揚げという三位一体の肉が乗り、さらに粒のまま素揚げにしたにんにくがごろごろと入った写真のインパクトは、私にはもはや暴力でしかなかった。

もう俺はだめだ。文博さんにはなるべく早く話を終えてもらって、このラーメンを食べないと僕は死んでしまう。一人称すらぶれるほどの空腹に耐えつつ、文博さんの口が滑らかになるよう、ウーロンハイのおかわりをすすめ、形ばかりのおつまみとして注文していたキムチと搾菜《ザーサイ》を、失礼にならない程度にこっそりつまんでいた。食べるというほどのものでもない。箸を持つ手が寂しかっただけである。

文博さんは、中古車販売店で営業マンをやっている。現場の叩き上げでやってきた人だが、最近はチェーンの本社からやってきた年下の店長とそりが合わず、また修理工場などの人手不足もますます深刻さを増すばかりで、現場は惨憺《さんたん》たるありさまだという。こんなことでは日本の自動車市場も行政も立ちいかなくなりますよ、といかにも憤懣《ふんまん》やるかたない様子だ。とはいうものの、そういう事情は私だってニュースなどで知っている。こちらは怪談を聞かせてほしいのであって、中古車店でのカスタマーハラスメントに用はないのである。有線放送の曲は、河合奈保子《かわいなおこ》に変わっていた。

話がようやく本題に入る。文博さんが中学生の頃、実家で体験した話だという。

文博さんの実家は分譲マンションの六階で、建物の角にある。彼の部屋はちょうど建屋の外壁に面する位置で、人が出入りするにはやや小さい窓があった。ちょうどこういう位置関係だったんですよ、と文博さんは私と向かい合って座る四人掛けテーブルから腰を上げ、横サイドに回った。私の左手方向で、いわゆるお誕生日席の位置に立ち、鷲羽さんの位置が俺で、俺の位置が窓です、と言っている。わざわざそんなことをしなくても口で言えばわかるのだが、やらずにおれなくなるのが酔いというものだ。

窓の外は、ベランダやテラスや非常階段があるわけではなく、ダイレクトに屋外だった。人が立てる空間はないんです、と文博さんは強調している。

文博さんは、部屋のラジカセでアイドルやバンドの曲をかけながら、よく勉強したそうだ。机に向かったまま夜が更けてくると、眠りについた世界で自分ひとりだけが起きて活動しているような気分になり、集中力がどんどん高まってくる。時間を忘れてノートに数式を書きつけたり、英単語を写したりしているとき、ごくたまに、頭の中に妙なイメージが浮かぶようになった。

勉強している自分の横顔である。

「鷲羽さん、リケンのケンって知ってますか」

だしぬけに耳慣れない言葉が出てきた。青じそドレッシングですか、とつい間抜けな返答をしてしまう。離れて見る「離見」ですよと言われて、そういえば聞いたことがあるなと思い出した。世阿弥《ぜあみ》が能の極意を表した言葉で、自分の身体を離れて客観的に自己の姿をとらえるという意味である。文博さんは、勉強に集中しているとまれにこの境地に達することがあった、と話しているのだ。もうだいぶ飲んでいるはずだが、難しい言葉を使うタイプの酔い方をする人なのだなと思った。

何度かその経験をしているうち、文博さんは脳裏に浮かぶ像をだんだん明瞭にとらえることができるようになった。自分の横顔は、いつも決まって左を向いている。というより、左側から自分を見ているのだ。そして、自分を見ている自分は、いつもちょっと離れたところにいる。ちょうど、窓の外から見ているぐらいの塩梅だ。そう気づいた瞬間、頭の中に浮かんでいるイメージの自分が、こちらに顔を向けた。同時に意識が自分の身体に戻り、窓の外を向いていた。そして、窓の外にはたしかに自分が浮いているのである。

「立ち上がって窓に寄ったら、浮かんでいた自分は消えてしまいました。それ以来、いくら集中したって、もう二度とできなかったんです。今になって、惜しいなあと思いますよ。お客から理不尽なクレームをもらってるときとか、店長の野郎にねちねち詰められてるときなんか、あれをやって自分を外から見ていれば、何にもストレスになりませんからね。そうそう、山田風太郎《やまだふうたろう》の『柳生十兵衛死す』って本、知ってます？　剣豪の十兵衛がねえ、この技を剣術に応用して、自分の分身を作り出すんですよ。きっと作者も、俺と同じことができた人なんじゃないかと思うんですよね。意外と多いんじゃないかな。このやり方をなんとか確立してね、セミナーか何かでみんなに教えれば、いい商売になると思うんだけどなあ。このストレス社会ですからね、みんなこういうのを求めているはずです。違いますか？　俺の言ってること、間違ってますかね？」

文博さんは、だいぶ呂律の怪しくなった口をウーロンハイで潤しつつ、いつまでも話し続けている。有線放送では、三好鉄生《みよしてっせい》の「すごい男の唄」が流れていた。そろそろラストオーダーの時間が近い。私は後ろを通ったギャル店員をつかまえて「スタミナにんにくラーメン大盛りと生ビール大ジョッキください」と注文した。よほど私の目は血走り、殺気立っていたのであろう。彼女はヒッと小さな悲鳴すら発し、怯えながら小走りに厨房へ向かっていった。かまうものかと思った。私には客観視の能力なぞないのだ。

消し

鉛筆で書いたような、女の笑う姿がずっと目の前に浮かんでいて、邪魔で仕方ないので食パンで空間をこすったらいなくなった。

写し

誰もいないベッドの下から聞こえるいびきが、自分の呼吸リズムと完全に一致していることに気づいた次の瞬間、「ちぇっ」と舌打ちされた。

蒸し

汗をかいたので風呂に入ろうとして服を脱いだら、脇の下から小さな金魚が飛び出してきて、ぽちゃんと音を立てて床に沈んだ。

屈し

毎晩毎晩、ベッドの下から毛むくじゃらの手が出てくるので、根負けして胸を触らせてやっている。

見えないうちに食え

裕司さんが念願かなって開いたラーメン店は、人気の名店で修業しただけあって、癖になる味だと評判だ。スープの出汁にも、タレの配合にも店主のこだわりが詰まっており、麺の茹で時間もその日の天候によって変えているというから恐れ入る。オープンしてすぐ常連が何人もつき、いつも賑わっているそうだ。

ただ、常連がいるのはいいが、一見の客がなかなか定着しないのが裕司さんの悩みである。それほど好みの分かれる味にしたつもりはないし、接客だってスタッフみんなそつなくこなしている。クレームをつけられたことなんて全然なかった。

そんなある日、アルバイトの学生からネットの口コミを見せられた。味や接客については目立った悪評はないが、低評価をつけているユーザーは決まって「厨房の隅に半透明のおじさんがいる」「天井から見ているおばさんの霊が怖くて味がわからない」「うまかったけど食べた日は必ず金縛りに遭う」「店の中で水の入ったコップが宙に浮いていた」など、怪奇現象のことばかり書いている。裕司さんにはまったく心当たりがない。いい加減なことばっかり書きやがってと腹が立ったが、こうも多くの人が書いているということは、何かあるのではないかと心配になった。しかし、常連客に訊いても、スタッフに聞き取りをしても、誰一人としておかしなものを見たり聞いたりした人はいない。物件のオーナーに問い合わせても、とくに何の事故物件でもなければ古くからの謂れがあるところでもなかった。この建物ができる前は畑で、死んだ人はいないどころか人が居住していたこともないはずだというのである。

「こう考えることにしたんです。うちの店は『見えない人』専用だよってね。見えない人がやってるんだから、お客もそういう人が来てくれればいいんです。世の中、見える人と見えない人の割合ってどんなものか、俺にはわかりませんけど、ラーメンだって味の好みがあるんだから。そりゃあんまり癖の強い味にはしたくないけど、すべての人にウケる味なんか作れませんからね。うちはこれでやります。合わない人はごめんなさい。それしかないですね」

裕司店主とスタッフたちは、今日もうまいラーメンと、彼らには見えない人たちを囲んで、和気あいあいと過ごしている。ただ、開店以来の常連が先週「あ」と虚空を見つめながらつぶやいて以来、姿を見せていない。

そのことだけが気になるが、何を見たのか確かめるのが怖くて、連絡を取ってみようとは誰も口にしないそうだ。一度できた縁も、いつまでも続くとは限らないものである。

飛行機清掃員（三十七歳男性・勤続十五年）

怪談？　別にそんなのないですよ。強いて言えば、遊覧飛行から帰ってきたばかりのセスナを洗浄したら、屋根に犬が横切った足跡がついていたことぐらいですね。そのぐらい普通じゃないですか？

柳の下

二十一世紀初頭の話だというから、それほど古いものではない。

奈那子さんが小学校の行き帰りにいつも傍を通っていた空き地には、大きな柳の木が生えていて、雨の日などは近寄りたくないような不気味さを醸し出すし、雪の日などは逆に、水墨画のような風情があって悪くないと思うこともあった。

その日、ゲリラ豪雨に見舞われた奈那子さんは、その空き地の前を走って通ったら木の下に誰かがいるのを見た。雨が凄かったし、一瞬のことでよく見えなかったが、黒っぽい着流しの和服を着た、背の高い男性のような気がする。古い時代劇に出てくる、退廃的な剣豪か何かに見えなくもなかった。

次の朝はすっきりと晴れた。

学校へ行くため、例の空き地の前を通ったら、たしかに立っていたはずの柳の木は影も形もなく、切り株どころか葉っぱ一枚残っていなかった。

東北の、観光で有名な海岸の町で起きた話である。

フライングシャーク

高速道路を走っていると、あまりスピードを上げずに走っている黒い軽自動車に追いついた。リアウインドウに、大きな鮫《さめ》のぬいぐるみが鎮座している。

なんともミスマッチな印象を受けた。運転手の姿は後ろからは見えない。

右車線に移って、無理なく追い越した。

充分な車間距離を確保できたところで、左車線に戻ろうとバックミラーを確認した。

自分の車のリアウインドウに、さっきの車にあったのと同じ、鮫のぬいぐるみが鎮座している。アクセルを踏む力を弱め、ゆるやかに減速しながら左車線に移った。

右の追い越し車線を、真っ赤なムスタングが猛烈なスピードで走り抜けていき、あっという間に見えなくなる。

暴力的かつ陶酔を誘うような、エンジン音の余韻が去った。リアウインドウにあったはずの、鮫のぬいぐるみはいなくなっていた。
あのムスタングにお似合いのマスコットだな、と思った。

駄々っ子

夜明けのコンビニに入ろうとしたら、浴衣のまま床に転がって駄々をこねている力士の髷《まげ》を、二歳ぐらいの幼児がむんずと掴み、ものすごい速さでずるずる引っ張って出ていった。

そのコンビニは、間もなくオーナーが夜逃げして潰れた。

キャバクラのボーイを務める聖也さんが、勤務明けに見たのだという。

私が出してきた本には、どういうわけか相撲取りの話がいくつもある。それで聖也さんもこの話をしてくれたのだが、今まで採話したものでは力士がその力で怪異を滅ぼすパターンだった。それが今回は逆で、相撲取りの形をした怪異である。

私の心を満たしているのは、ひとつの疑問であった。

いったい、どっちが強えんだ?

おわしますかは知らねども

憲三郎さんが、三次会まで続いた接待の相手をホテルまで送って、終電もとうになくなり人影もまばらな繁華街の路地を、コートの襟《えり》を立てて寒風に耐えながら駐車場へ向かって（アルコールは一滴も飲んでいませんでした、と憲三郎さんは強調している）とぼとぼ歩いていたら、前から千鳥足のギャルが歩いてきた。冬だというのに太ももがほとんど露出するほどのミニスカートで、見ているこちらが寒くなりそうだ。ロングブーツは超ハイヒールの厚底で、よくこんな千鳥足で歩けるものだと感心する。上半身も、へそが出るほど短いタンクトップの上に、ピンク色に染めたプードルの毛皮みたいな、もこもこしたフェイクファーのコートをひっかけているだけだ。『ワンピース』に出てくる悪者のドフラミンゴみたいでした、と憲三郎さんは表現している。

あっちへよろけ、こっちへよろけしながら歩いていたギャルは、やがて煌々と光を放つ自動販売機の前へ差し掛かると、ついに力尽きたかのように、機械へ向かって倒れ掛かった。反射的に、駆け寄って支えようとした憲三郎さんの目の前で、ギャルはサンプルの缶やボトルが並んだ面に頭から吸い込まれて消えてしまった。

同時に、ごとんという鈍い音がする。

取り出し口に手を入れてみると、たったいま出てきたものらしい、熱々の缶入りお汁粉が入っていた。

しばし迷った末に缶を開けて、中身の液体を恐る恐る口に入れてみた。

温かくて甘くておいしくて、涙が止まらなくなった。

圧し

湯治宿で布団を敷こうとしたら畳の上に中年男の髭面が出現したが、構わずその上に敷布団を延べて、背中に感じる熱も気にしないで寝た。

正し

作業服の襟が曲がったままその工場に入ると、決まって安全靴の左だけが脱げる。

直し

割れたグラスの破片を集めて、明日のごみに出そうと袋に入れておいたら、朝には元通りになっていたがそのまま捨てた。

察し

友達を部屋に連れてくるといつも天井から水がぽたぽた滴ってくるが、彼氏を連れてきたときだけはそんなことにならない。

聞き出す技術

香織さんが深夜に仕事を終え、車で帰宅している途中、誰もいない赤信号の交差点で止まっていると、横断歩道を透明な人が横切るのが見えた。

「ちょっと待ってください、透明なのにどうして見えたんですか」と私が訊くと、ちょうど映画の『プレデター』みたいに空間が歪んで、人の形になっているのが見えて、よく見ようとしたらこちらにぺこりとお辞儀をした、背が高かった、ということである。

それを見てから何か異変はありませんでしたか、と訊いてみても「いや、何もないよ」と実にそっけないというか、にべもないというか、愛想がない返事だった。私も、それだけでは一本の話として成立しにくいので、「たとえば、その日からいなくなった知り合いとかいないですかね」と水を向けてみる。

「そういえば、お母さんの兄が亡くなった日だった」と、大事なことを思い出してくれた。帰宅したら、ちょうどお母さんが誰かと電話をしながら泣いていた。お母さんのお兄さん(香織さんの伯父)の息子さん(香織さんから見れば従兄弟《いとこ》)からの電話で、元気だった伯父さんが急死したとの知らせだったそうだ。

「伯父さんは体格のいい人だった」と、香織さんはたった今気づいたようである。

誘導したわけではないが、こうして背後情報を探ったり、思い出してもらったりしているうちに、断片的な体験談がひとつのストーリーに組み上がることはしばしばあり、取材していて最もうれしい瞬間である。

伯父さん、大好きだったなあ、お墓参りに行かなくちゃ、と香織さんはしんみりした様子になっていた。お役に立てたのなら光栄なことだ。

すり足

大吾さんは、生クリームを山盛りにしたパンケーキを前にして、プロレスラーのように逞しい体格と髭《ひげ》を生やしたいかつい風貌に似合わぬ、幼児のような笑みを浮かべていた。その可愛さを自覚しているタイプの人だと思ったが嫌味なところは少しもなく、私も好感を持った。私が注文したガトーショコラの、飾り気のない感じは、この人の茶目っ気に比べると、かえってスノッブな嫌味になるかもしれない。砂糖を入れない熱い紅茶をすすって口を潤し、「今日は貴重なお時間ありがとうございます」と私は言った。警備会社で働きながら、ラグビーの社会人チームでプロップをつとめているという大吾さんは、見事な餃子耳をしている。私はこういう耳をした人のことは無条件に尊敬する癖があるのだ。どうぞ、パンケーキ食べながらでもいいので、ご自分のペースでお話しください。私がそう促すと、大吾さんは「では遠慮なく」と優美な所作でパンケーキにナイフとフォークを入れていった。

大吾さんは多趣味な人で、スイーツとラグビー、それに史跡巡りを嗜《たしな》んでいる。今日のお話は、三つ目の趣味で体験したことだそうである。

その日、大吾さんはある地方の丘の上にいた。ここは古くから山城が建っていた場所で、戦国時代には多くの血が流されたという古戦場である。いまは往時を思わせるものは何も残っておらず、わずかに石碑が立っている程度だ。ごくマイナーな史跡であり、訪れる者はほとんどないらしく、周囲を見回しても人は大吾さんひとりであった。

「そういうところで、流れた時間に思いを馳せるのがいいんですよ。下手に観光地化しちゃって、戦国大名のゆるキャラみたいなのがいるところがあるでしょう、あれはいけません。そういうのが見たいわけじゃないですからね」と大吾さんは語っている。ゆっくりとパンケーキを食べながら、すでにコーヒーをおかわりして二杯目に突入していた。

私もときどき、ガトーショコラをフォークで削り取っては、ちびちび舐めるように口に入れている。巨漢が向かい合ってスイーツを味わう光景は、傍から見ればさぞユーモラスだろうとは思うが、そういうのも嫌いではない。大吾さんも同様のようで、上機嫌な様子だ。

石碑の文字をしばらく眺めてから、手すりのある断崖絶壁のほうに来て、眼下に広がる街の様子と、はるか下を流れる川の風景に目をやった。いにしえの戦いから、およそ五百年の時が流れている。この丘の上は草が生い茂り、古い時代の面影をとどめているが、見下ろせばそこにはいかにも近代的な住宅地と、コンビニやファストフード店といった現代の商業社会が繁栄している。そのわずか数百メートル程度の空間に、五百年の時間が凝縮されている感じがいい。大吾さんはそう言うのである。

「多分ですけどね、天体観測する人も同じような感じなんじゃないかと思うんです。夜の空には、ほんの一秒前に発せられた月の光もあれば、何百万年もかかってようやく地球に到達した、はるか遠くの星から来た光もあるわけでしょう。その何百万年ものスケールを同時に見ているのって、きっとすごいロマンですよね」

その感覚は私にもわかる気がする。天体のスケールと人間のスケールの違いこそあれ、たしかに似たようなものはあるかもしれない。

大吾さんは、絶壁の手すりの前でぐっと大股の仁王立ちになり、ここから立ち小便でもしたらさぞ爽快だろう、と思ったそうだ。

ロマンのある話からぐっと卑近な話題になり、紅茶を吹き出しそうになったが、戦国武将が主人公の漫画に、そんな場面があったのを思い出した。それもまたロマンであろう。人間とはそういうものだ。

勇猛な武将に思いを馳せていた大吾さんの、足の間で何か動く気配がする。

下に目をやると、一対の黒い革靴がすり足をするようにずるずると前進していた。

雑草を削りとるように地面を擦《こす》りながら、革靴は大吾さんの股の間と、手すりの下をくぐり、絶壁の先の空間へ、そのまま進んでいく。

空中を五メートルばかり進んで静止すると、そこで突然重力に気づいたかのように、落下していった。

「その瞬間までは、見えない誰かが履いてすり足をしているような動きだったんですけど、いきなり、靴だけを残して持ち主が消失したみたいに見えました。こっちに気づいたんでしょうかね」

一秒ほどして、かすかに水音が聞こえたような気がしたそうである。

大吾さんは、パンケーキをすっかり平らげるまでにコーヒーを四杯もおかわりしていた。その間に、話は戦国時代偏重で鎌倉時代や南北朝時代の英雄豪傑たちを忘れ去った歴史ブームへの苦言、社会人ラグビーサークルの現状と練習場不足、スイーツ店で男性ひとり客が被る冷たい視線などに及び、私はいちいち同意しながらガトーショコラひとつでは物足りずプリンアラモードを追加注文し、それも平らげて、さらにチーズケーキを追加しようかどうか迷っている。

もうしばらくこの人の話を聞いていたい、と思った。

大吾さんは店員を呼び、五杯目のコーヒーとチョコレートパフェを追加注文した。

怪鳥の足跡

昭和中期の、春まだ浅い東北で起きた話である。

充子さんが小学校から帰る途中、雪の積もった道に大きな足跡があるのを見つけた。細い三本の指と、棒で突いたような踵《かかと》だけだが、全長三十センチはある、鳥の足跡のようだった。どんな鳥なんだろう、と無邪気な好奇心を抱いた充子さんは、その足跡を追ってみた。

お友達の、佐知子さんの家まで続いていた。佐知子さんの家は、お父さんは隣町の中学校で、お母さんは高校で先生をやっており、鳥を飼育するような業者ではない。玄関から、佐知子さんの名前を読んでみたが返事はなかった。留守らしい。仕方ないのでそのまま家に帰った。

充子さんのお父さんは、農業をやりながら本をよく読んでいて、物知りだったので

「世界一大きい鳥って何？」と質問してみた。

「ダチョウだな。大きいやつは体重百キロを超えるそうだ。何百年か前のアフリカやニュージーランドには、もっと大きいモアとかエピオルニスとかいう、三百キロも四百キロもある怪物みたいなのがいたそうだが、そいつらはもう絶滅して、地球上にはいない。ダチョウも、日本では動物園にしかいないはずだな」

「じゃあ、日本で一番大きい鳥は？」

「うーん、大鷲か丹頂鶴のどっちかだろうな。どっちも北海道にしかいないから、父ちゃんは見たことないけどな。この辺にいるのは熊鷹ぐらいだろうけど、それも滅多に見られるもんじゃないぞ」

充子さんは、次の日に学校の図書室へ行き、動物図鑑で鳥について調べてみた。そこでわかったのは、ダチョウの足には指が二本しかなく、あの足跡とはまったく形が違うということである。佐知子さんに、あの足跡は何だったのか訊いてみたかったが、担任の先生が言うには風邪をひいたらしく、今日は休みとのことだった。

一週間、佐知子さんの欠席は続いた。そして、先生から「佐知子さんはおうちの都合で転校することになりました」とだけ告げられた。ご両親のお仕事がどうなったのか、友達もその親も、誰に訊いても知らないという。

佐知子さん一家がいなくなって、一ヶ月ほど経った。充子さんが、佐知子さんの家の前を通ると借家の管理業者らしい作業服姿の男の人たちが来ていて、中から家財道具を運び出していた。しかし、ほとんどのものはすでに持ち出されていたらしく、中にあったのはいくつもの大きな鳥かごばかりだった。

玄関の外に打ち捨てられた鳥かごは、どれもこれも内側から蹴破られたような形にひしゃげていて、少しだけ血で汚れているように見えたそうである。

君の名は

暢雄さんは老舗テーラーでオーダースーツの仕立て職人を務め、去年七十歳で引退するまで、この道一筋五十年のベテランだった。白髪に髭がよく似合う、いかにもダンディなおじ様といった感じである。私はブルーカラー一筋に生きてきた人間であり、スーツを着る仕事に就いたことはない。縁遠い世界の話ではあるが、聞かせてくれた体験談は興味深いものだったので、ここに紹介する。

今から二十年ほど前のことである。暢雄さんは職人として円熟の境地に達し、全盛期だと自負していた。そんなときに受けたのが、島内さんという四十歳ほどの男性からの、タキシードを仕立ててほしいという依頼である。注文主はいかにも精力的で、押しの強そうな、やり手の若社長といった風情だった。その人が近く結婚するというので、貸衣装ではなくオーダーメイドのタキシードを作りたいとのことだ。新婦のウエディングドレスも、やはりオーダーメイドで作る予定だという。

依頼主の島内さんは、青年実業家だとのことだったがどんな事業か暢雄さんは覚えていない。ただ、あまり良い印象を受けることはなかったという。

「痩せて筋肉質で、よく日焼けしていて、なんというか遊び人っぽい印象でしたね。お客さんのことをこんなふうに言うのも何ですが、どこか胡散臭いところがありました。でもご予算はだいぶ弾んでくれましたし、こちらとしてもいいものを作れるのはうれしいですからね。イギリス製の高級生地を使って、全身しっかり採寸させてもらって、刺繍で入れるネームの字までちゃんとご本人に記入していただきましたよ」

オーダースーツを仕立てるのには時間がかかる。最初の来店から一ヶ月半ほどして、ようやくお客様に受け渡す日が来た。

「でもね、そこで事件が起きたんですよ」

タキシードを試着した島内さんは、その着心地とスタイルの格好良さにご満悦だったのだが、内ポケットに入れたネームの刺繍を見て「何だこれは」と怒り出したのである。

暢雄さんは、たしかに「島内」と入れたはずだったのに、そこには「夏木」という似ても似つかない名前が縫い込まれていた。

「そんなこと、あり得ないはずなんです。並行して受けていた別の仕事と間違えたんだとしても、夏木さんなんて人からの依頼は入っていませんでしたから。もうわけがわかりませんでしたけど、とにかく平謝りするしかないです。でも、島内さんの怒り方があまりに凄かったというか、何かね、『あてつけのつもりか』とか『あいつの差し金だろう』とか、おかしなことを仰るんです」

あいつ、とは何のことか暢雄さんにはまったく見当がつかなかった。

「それがね、島内さんは二度目の結婚でして、夏木というのは別れた前の奥さんの旧姓だというんですよ。もちろん、こちとらそんなことは全然知りません。今度結婚するという、新しい奥さんの名前すら聞いてないんですからね。でも島内さんはもう聞く耳を持たなくて、こんな店に金は払わん、前金も返せと仰る。でもこちらとしてもハイそうですかとは言えません、生地代だけでも相当かかっていますしね。確かに、ネームを間違えたのは申し訳ありませんけど、刺繍なんて入れ直せば済むことですから。しばらく押し問答をしましてね、何とか、私の日当一日分ぐらいの値引きをするということで引き下がってもらいました。改めてお渡ししたときは、さすがに島内さんもバツの悪そうな顔をされていましたけど、それはこちらも同じです。あんな気まずい納品は、五十年の職人生活で後にも先にもあのときだけでしたよ」

暢雄さんはそれから間もなく、夏木という名前のシングルマザーが、小学生の娘を巻き添えに無理心中をしたというニュースを目にしたが、それが島内さんと関係あるかどうかはわからないそうだ。

私もそれらしい事件をいくつかピックアップして、新聞記事やニュースサイトのアーカイブなどをずいぶん調べたが、別れた夫の素性まで特定することはとうとうできなかった。

姿なき挑戦者

秀人さんが出張先のビジネスホテルで、眼鏡を外してベッドに入り、照明を暗くした。薄暗い部屋の中で、壁に虫のようなものが貼りついているのが見えた。ぼんやりとした視界で、はっきりとした姿は捉えられない。枕元の眼鏡をかけて、よく見た。

虫にしては大きい。体長三十センチほどある、黒っぽい生き物のようだ。でっかい蜘蛛かな、と秀人さんはぞっとする。しかし蜘蛛にしても大きすぎるし、形も違う。楕円形の身体に、短い手足が何本も生えていた。

「ウルトラセブンのクール星人が、逆立ちしているようなやつでした」と、秀人さんはそいつのことを形容している。

慌てて電気を点けると、明るくなった部屋に驚いたのか、そいつは音も立てずベッドの下へと素早く逃げ込んだ。秀人さんは、ベッドサイドの小さな懐中電灯でベッドの下を探したが、そいつの姿はどこにも見当たらない。フロントにクレームを言うのもためらわれ、寝入りばなに幻でも見たのだろうと思って寝ることにした。

朝になっても、あの黒っぽい生き物は部屋のどこにもいなかったので、安心してチェックアウトしたそうだ。

なお、クール星人は歴代ウルトラ怪獣の中でも特に人間とはかけ離れたデザインを持ち、秀人さんは気づいていないようだが「シラミが逆立ちしたような」フォルムで知られているのである。

拐《かどわか》し

年に一回程度、三歳ぐらいの子供が「知らないおばちゃんが、こっちに来いって手を引っ張った」と泣きながら家に入ってくる。

糺《ただ》し

公園で、黒いリクルートスーツの男たちが一列に並び、一匹の三毛猫に順番で頬を引っ叩かれては一礼して走り去っていた。

剥《はが》し

職場で分厚い資料の束をめくっていたら、紙の間から一瞬だけ人の目がこちらを見た。

解《ほぐ》し

実家の仏間でうつぶせになると、幼稚園の頃に亡くなったおじいちゃんの手が背中を揉んでくれるのはいいが、中学に入ったあたりから揉み方がいやらしくなってきた。

砂に書いた手紙

美沙子さんは、結婚五年目の夫とオーシャンビューの温泉ホテルへ旅行にいった。日本海の穏やかな砂浜が眼下に広がる宿で、美味しい食事を楽しみ、岩風呂や露天風呂、それに部屋にもついている源泉かけ流しのお風呂でゆっくり日頃の疲れを癒し、夫婦水入らずの時を過ごした。いつも洋室のベッドで眠っているが、たまに和室の布団で眠るのも新鮮である。

翌朝、明け方早くに目をさました美沙子さんは、まだぐっすりと眠っている夫を起こさないよう、注意深く洗面所で身支度をしてから部屋を出て、浴衣の上に薄手の羽織一枚で、海岸へ散歩に出てみた。

見渡す限り、周囲には美沙子さん以外に誰もいなかった。知らない土地の知らない砂浜で、たったひとり、草履《ぞうり》で砂を踏みしめて歩くと、なんとも言えない旅情がこみ上げてくる。

波打ち際の砂に、指か棒でなぞったらしい文字が書いてあるのを見つけた。誰もいないのにおかしいな、と思いながら近寄ってみる。

ひらがなで書かれた文章のうち、「にどとくるな　きたら」まで読み取れたところで、文字は波に洗われて消えた。

部屋へ戻ると夫も目をさましていた。朝食の前に、一緒に朝風呂に入ろうよ、ときらきらした目で誘われる。

美沙子さんは浴衣を脱ぎながら、絶対に来年も来ようね、と夫に言った。

鬼の手

達也さんが山道をロードバイクで走っていると、ゲリラ豪雨に見舞われた。あまりの雨量で前がろくに見えない。危険なので自転車を降り、しばらく押して歩いていると小さな古い隧道があった。しばしここで雨宿りすることに決める。

トンネルの内側も、地下水が漏れているのか、それとも湿気のせいかはわからないが、じっとりと濡れていた。中に電灯はなく、外から入ってくる光と、ロードバイクに取り付けたライトだけが頼りである。気味が悪かったが、事故の危険よりはずっとましだと達也さんは思った。

十五分ほどそこで休んでいると雨足が弱まり、外から差し込む光が強くなってきた。晴れてきたらしい。達也さんは、ようやく少し明るくなったトンネルの中を見回した。

水がしたたる内壁の、達也さんの胸ほどの高さのところに、ひとつの大きな手形がある。達也さんが、たわむれに自分の手を合わせてみると、指の第二関節までにも届かなかった。この大きさからいって、持ち主の身長は二メートルを軽く超えているだろうと思われる。

全体がぐっしょりと濡れているトンネルの中で、その手形の部分だけがさらさらに乾いていた。

達也さんが手を離すと、乾いていた手形のさらに内側に、達也さんがつけた濡れ手の跡が残った。やがてそれも、内壁を伝ってしたたり落ちてくる水に飲みこまれ、見えなくなってしまった。

来たのは誰だ

専門学校生の良樹さんが、独り暮らしのアパートへ帰ると、郵便受けに一枚の紙が入っていた。配達された手紙やはがきではなく、誰かが直接ここに放り込んだものだ。三十年以上前に放送されたロボットアニメのキャラが描かれた、塗り絵の紙を破いたものに、子供の手によると思われる大きな字で「あしたきます」と書かれていた。アニメは相当古いものだが、紙自体はそれほど古くなさそうで、ヨレも毛羽立ちもほとんどなく、なんとももちぐはぐに感じられる。

良樹さんはすぐに警察へ電話した。駆け付けた警察官は、最初は緊張した様子だったがその紙を見てからは拍子抜けしたような態度で、こんなの子供のいたずらでしょう、何かあったら110番してくださいよとだけ言って、いかにも面倒臭くて仕方がないという顔で帰っていった。

とても安心できない良樹さんは、次の日は一駅となりの町に住む友人の部屋に、頼み込んで泊めてもらった。快く受け入れてもらえて、安眠することができた。

帰宅すると、道路に面した窓ガラスが粉々に砕けている。

やはり「来た」のだ。良樹さんは恐る恐る玄関の鍵を開けて、部屋に入ってみた。

部屋の中では、窓を割って飛び込んだらしい大きな鳶《とび》が、畳の上を血まみれにして、首の骨を折って死んでいた。

すぐに警察へ電話したが、そういうのはうちの管轄じゃないんで、といかにも迷惑そうな態度だったそうだ。

レコメンド

秀平さんは怪談実話が大好きで、私の本もよく読んでくれている。ありがたいことである。とはいえ、世の中でそういう人は決して多数派ではなく、変なものを見たこともないし全然信じないし読まない、という人のほうがマジョリティである。この本を読まれている諸賢には言うまでもないことだが、怖い本を楽しんで読むかどうかと、霊魂やあの世の存在を信じるかどうかは関係ない。でもその認識を持つ人は少数派で、大概の人は「この本面白いよ」とすすめても「そういうの信じないから」と突っ返してしまうのだ。そんな経験をお持ちの方も少なくないことであろう。

大学生だった二〇一〇年ごろの話です、と前置きして秀平さんは話を始めた。

彼もご多聞に漏れず、大学の友人に怪談本をすすめては「怖いの苦手なんで」とか「信じないから」とけんもほろろに拒否されることがほとんどだったそうだ。そんな中で、一度だけ読んでもらった経験がある。一学年下の後輩、由真さんにとある名作シリーズをすすめたところ、「先輩がそんなに言うなら、きっと面白いと思うので読ませてください」と言ってくれたのである。秀平さんは有頂天になって、五冊ほど見繕って彼女に貸してあげたのだった。その気持ちは私にもよくわかる。

由真さんは「この本を読んだことで、私も何か見たりしたら、信じることにします」と言った。秀平さんは「そういうことじゃないんだよ」と思ったが敢えて言わない。そんなドキドキ感も、本を読むうえでの味わいを増すことになるし、初心者のうちしか味わえない感慨でもあろう。そう考えてのことだそうである。

一週間が経過した。秀平さんが自宅でくつろいでいると、由真さんから「変なものを見ました！」と慌てたような文面のメールが着信した。

「下を向いて歩いていたら、サンダルを履いたおじさんのつま先が見えたんです。前から誰か来たんだと思ってよけて、上を見たら誰もいませんでした。あの本ヤバいですね！」

由真さんのメールから、はしゃいでいるような感じを受けた秀平さんは「こいつは有望だな」とほくそ笑むのだった。

さらにそれから三日後、学食でスタミナ丼に喰らいついていた秀平さんのところに「せんぱい〜」と駆け込んできた、ふたりの女子学生がいた。由真さんと、同じゼミの紗江さんである。青い顔をした由真さんは、アルミホイルで包んだ四角い塊のようなものを持ち、憤然とした顔の紗江さんは、由真さんの細い肩を包み込むようにして寄り添っていた。ただごとではない雰囲気である。

介添人めいた紗江さんは「なんでこんな本を読ませたりするんですか、こういうのよくないと思います」と、義憤に駆られている様子だ。スタミナ丼に乗せられた生卵を崩そうとしていた手も止めて、秀平さんは「何があったの」とゆったり構えた。同調して慌てる必要はなかろう。落ち着いて対応すれば、向こうも落ち着いてくれるはずだ、という判断である。しかし、紗江さんに「先輩、口にご飯粒がついてます」と指摘されて、つい顔が赤くなる。恰好をつけるものではない、と思いつつ、それでもゆったりした物腰を崩さず、ペーパータオルを取って口の周りをふいた。青い顔をしていた由真さんが、笑顔になるのがわかった。

その前日、夜の出来事である。

ご両親と祖父母、それに三人姉妹の七人家族で実家に住んでいる由真さんは、大学から電車で帰ってきて、最寄り駅から家の前まで歩いてきた。自宅前の路地からは、二階にある由真さんの自室の、窓が見える。いつもは、自分がいないときは灯りがついていないので、暗いはずだ。しかし、今夜は光が漏れていた。それでも、お母さんか妹でも部屋に入っているのかな、と由真さんはそれほど気にしなかった。普段から、その辺のプライバシーを厳密にするタイプの家族ではなかったのである。そう思って、ぼんやりと部屋の窓を眺めていると、内側でカーテンが開かれた。

「先輩、そこで私が何を見たと思いますか」

やけに勿体ぶるんだな、これだから初心者は……。秀平さんはそう思った。

「部屋の中にいたのは、私だったんです。もうひとりの私。窓から顔を出して、空をぼんやり眺めてました。私、慌てて下を向いて、あいつに気づかれないように顔を隠しました。見つかったらヤバいですよね、絶対。急いで家に入って、ただいまって大声で言ったら、ママが『あら、さっき帰ってきたんじゃないの？』って。絶対ヤバいよ、と思ったけどここで騒いだら変に思われるから、『いや、ちょっとね』ってごまかしたんですよ。でもひとりで部屋に入るのは怖かったから、隣の部屋にいた妹に声をかけて、一緒にドアを開けてみたんです。そしたら誰もいなくて、電気もついてないし窓も閉まっていたんです。ああいなくなったんだ、と思ってほっとしました。それから、一階のリビングで、家族みんなで夕ご飯を食べてたら、二階で何かどすんどすん音がするんですよ。誰か足を踏み鳴らしてるみたいなの。でも二階に行ったら誰もいないの。私、もう怖くって、紗江に相談したんです。こういうの詳しいから」

秀平さんは、紗江さんとはあまり付き合いがなく、「こういうの詳しい」というのも初耳である。

「あのね先輩、由真みたいな素直な子に、こういう霊的なものを近づけるのってよくないですよ。引っ張っちゃうから。いや、引っ張られると言ったほうがいいかな？　とにかく、あんまりこういうものをおもちゃにしないでください。ゆうべ電話もらってすぐ由真の家に行ったんですけど、この本が原因だということはひと目でわかりました。それで、私のほうでちゃんとお祓いをしておきましたから、もう大丈夫ですけど、とにかく本はお返しします。今後は、この子をおかしな道に引き込まないでくださいね！」

耳がきんきんするような声で、紗江さんがまくし立てる。由真さんは、手に持っていたアルミホイルの包みを押しつけてきた。「ああ、そう」としか言えないでいる秀平さんをその場に残して、ふたりは足早に去っていく。秀平さんは、食べかけていたスタミナ丼に再び箸を伸ばし、生卵の黄身を潰すと、一気に掻き込んだ。

「そんなお祓いとか、霊的なものとか、何を言ってるんだって話ですよね。普通に本屋で売ってるものですよ。ちょっと怪談好きなら誰でも持ってるやつです。持ってるだけで怪異が訪れるんだとしたら、そんなものが商品として流通できるわけないじゃないですか。それに、お祓いっていったい何をやったんでしょうね。なぜわざわざアルミホイルなんかで包んで返してきたのか、まあ結局訊き返す機会はなかったのでわからないですけど、ただ持ち帰ってアルミホイルの包みを開いてみたら、本が五冊とも塩だらけになってました。あれは参りましたね。今でも、たまに読み返すと塩の粒がぱらぱら落ちてくるときがあるんですよ」

私の本も、いつかそんなふうに扱ってくれる人が出てきてくれるだろうか。由真さんみたいに読んでくれる人がいてくれたら嬉しいし、紗江さんのように本自体を畏《おそ》れ忌み嫌う人がいたとしても、それはそれで怪談作家冥利というものであろう。

秀平さんは、今のところ私の本を他人にすすめて、読んでもらえたことはないそうだ。

私もまだまだである。

さがしもの

亮介さんは、三歳の頃に滑り台から落ちて頭を強く打ち、しばらく意識が戻らなかったことがある。

それと関係があるかどうかはわからないが、物心ついた頃から、いないはずの人やものが見えることがよくあった。幼稚園に入ったときは、子供たちが行進する列に混じって剣を持った骸骨が歩いていたり、全身真っ白のおばあさんが屋根の上に座って、園庭で遊ぶ子供たちを見つめていたりした。しかし、これらを見たときにはすでに「それは亮ちゃんにしか見えてないから、人に言ってはダメだよ」とお母さんから教えられていたので、友達にも先生にも言わずにいたのだという。

「だから、最初に見たのは何で、いつのことなのかは、わからないんですよ。怪しいものと現実のものをどうやって区別しているのかも、説明しろと言われてもわからないんです。自然にわかる、としか言いようがないんですよね」

こう話す亮介さんだが、三十歳になった今年、職場で初めて「同士」に出会ったのだという。

亮介さんが勤めるスクラップ工場に、派遣社員として徹也さんという男性がやってきた。茶髪に日焼けした肌の、一見すると派手な遊び人という感じで、あまり印象はよくなかった。内向的な亮介さんが、苦手とするタイプだ。

しかし、徹也さんはなぜか亮介さんを気に入ったようで、何かと話しかけてくる。入って三日目の昼休みには、「あんた俺の同類だろ」と言い出すのだった。何のことかと訊くと、「あんた、小さい頃に頭を打って死にかけたことがあるはずだ」と言う。このことは職場の誰も知らないはずだ。「それにさ、あんたもアレが見えてるんだろ？」と、今は食事に出かけて留守の、課長の机を指して言う。亮介さんは、自分の秘密を知られたようで怖くなった。

「課長のデスクには、小学校低学年ぐらいの女の子が隠れているんですよ。課長が席を外すと、下から出てきてその辺をうろつくんです、何かを探しているみたいに。それでしばらくうろうろしたら、また机の下にもぐるんです。するとすぐに課長が帰ってくるんですよ。いつもそうなんです。自分にしか見えないものだということはわかっていますから、これも誰にも言ったことはないし、課長だってもちろん知りません。課長の過去に、子供にまつわる何か忌まわしい出来事があったとか、そういう話は聞いたことがありませんし、別にわざわざ聞き出してどうこうするつもりもないです。だから放っておいたんですが、まさか他にも見えている人がいるなんて思いませんでした。正直、これは頭を打ったせいで幻を見ているんだと思ってたんです。でも、徹也君が同じものを見ているということは、僕がおかしいわけではなかったということですよね。うれしかったなあ」

徹也さんは、亮介さんに比べて社交的な性格なせいか、その「女の子」が次に姿を見せたとき、対話も試みたのだという。亮介さんは、幻覚だと思っていたので話しかけたことは一度もない。

机の下から這い出してきて、周りのデスクを物色するかのように見て回っているその子に、徹也さんは「何を探しているの?」と優しく声をかけてみた。

女の子は、こちらを見ずに口だけを動かして「ほね」と答えて、課長が戻ってくるのを待たず、机の下に戻るでもなく、その場で空中の一点に吸い込まれて消えてしまった。

それ以来、課長が留守にしても女の子が現れることは二度となくなり、徹也さんも亮介さんには何も言わないまま一ヶ月後には職場からいなくなってしまった。

「でも、怪談の本を読んでると、こういうものが見える人っていっぱい出てくるじゃないですか。だから安心するんですよね。僕はひとりじゃないし、おかしい人間だってわけでもないんだ。そういう人たちのために、これからも書いてください」

見込んでもらえるのはありがたいのだが、私は別に誰かの役に立ちたいという使命感で書いているわけではない。そういう高尚な目的意識を持つような人間ではない私が、気になっているのは「ほね」が見つかったかどうかでしかなかった。

晒し

父の葬儀に見知らぬ女子高生が参列していて、鳩の群れがずっと後ろにまとわりついていたが、その子をよく見るとほんの少し私に似ていた。

燻し

ひとりの部屋で煙草を吸い、虚空に向かって煙を吹き出したら亡くなった妻の声で咳払いをした。

騙し

病院嫌いのチワワを予防注射に連れていくため「お散歩にいこうね」と声を掛けたらしわがれた老人の声で「なめるな」と言われた。

諭《さと》し

一度だけ、カーナビに「そこはやめておきましょう」と言われたことがある。

努力の意義

努力が実るかどうかって、そう簡単に結論が出ることじゃないですよね。私、いい大学に入りたくて必死で勉強したんです。でも、最初に志望していたところへはとうとう入れなくて、二浪した挙句に第二志望だった、今の大学へなんとか入れました。最初はもう自分なんか駄目なんだと絶望したけど、でもこれが自分の力なんだし、あんなに頑張ったからこの学校に入れたんだと思えば、それでいいのかなと思ったりします。

そういえば二浪目の夏に、どうしても模試の成績が上がらなくて、徹夜で勉強を続けていたんですよ。それでも納得いかなくて、二徹目に突入したところでついに力尽きて、机に向かって椅子に座ったまま寝落ちしていました。

目が覚めたら、さすがに身体中が痛かったです。それに、机の上に広げたままだったノートには、血みたいに真っ赤な手形がついていました。それがどう見ても自分の手なんです。自分の手って、自分の顔よりよく見るものじゃないですか。指紋とかも、警察の鑑定人じゃないから確実なことは言えないですけど、どう見ても自分の右手そのものだったんですよね。私、慌てて右手を見たんですけど、血で汚れていたりはしませんでした。どういうことなのかは結局わからないんですけど、でもこれだけ頑張ったんだという事実が、きっと自分を成長させてくれると信じています。ぜひ、御社の業務にも取り組みたく思います。どうぞよろしくお願いいたします。

某食品会社で人事課の採用担当を務める毅さんが、数年前に面接で落とした女子学生から「あなたが今までに努力したことは何ですか」という質問の答えとして、聞いた話だそうである。

ポルターガイスト

一九八〇年代の関東で起きた話である。

則之さんが住んでいるアパートの、隣室の住人が引っ越していった。中年の独身男性だったが、転勤だという。丁寧な挨拶をしていってくれて、好感が持てた。居住中も、騒音を出すこともなくゴミ出し等のマナーも良い、優良隣人だったので、次に来る人がうるさくなければいいがと心配になった。

次の夜、眠っていると隣の部屋からドンと壁を叩かれて目が醒めた。午前三時だった。隣の部屋にはまだ誰も入居していないはずである。則之さんは、「誰かいるのか」と声をかけてみたが、返事はなかった。そのかわり、今度はドスンと床を踏み鳴らすような音と、地響きがする。結局、朝まで物音がやむことはなく、則之さんは眠れない夜を過ごすことになってしまった。

次の日の朝、太陽が出てくると物音は静かになった。則之さんは、アパートの管理人をつとめるおじいさんに「誰か不法侵入しているかもしれない」と訴えて、鍵を開けてもらった。

家財道具が運び出され、がらんとした部屋には人がいた形跡は全くなく、四畳半一間の真ん中に、ぼろぼろになった『ドラえもん』の単行本が一冊だけ置かれていた。

私は「何巻でしたか」と則之さんに訊いてみたが、そんなの覚えてるわけないだろうと怒鳴《どな》られた。

天才

生後半年の娘に、離乳食としてにんじんペーストを食べさせていた。ステンレス製のスプーンが、口から出したらぐにゃりと曲がっていた。娘は手を叩いて喜んでいる。

興味のない人

怖い話？　あんまり興味ないなあ。まあそんなに怖くないんですけど、一回だけ、真冬なのに家の壁にセミがとまってみーんみーん鳴いていて、捕まえようとしたら壁の中に吸い込まれて消えたってことはあります。それで壁に耳をくっつけたら、大量のセミの鳴き声がしばらく続いてましたけど、五分も聞いてたら飽きたんでやめました。それだけですけど、いいですか？

豪胆な男

　私は常日頃、なるべくフェミニストとしてふるまうように気をつけている。女性の人権を常に意識しているぐらいでないと、我々おじさんは息をするようにセクハラをしてしまうものだ。私のように人一倍助平な男なら尚更である。ではフェミニズムとは何ぞや、といわれても電気科中退の身では何とも言えないが、私の解釈では、女らしさという男の勝手な願望を、現実の人間に押しつけないことだと思っている。ちゃんと学問をやっている人から見れば噴飯ものかもしれないが、これがおじさんの限界というものである。

　とはいえ、私は少年時代からずっと、男ばかりの世界で心地よく生きてきた人間であり、男は男らしくあるべし、という思いがどうしても抜けない。もちろん、これは自分の信条であって他人に押しつけるものではない。そもそも本当の男らしさなんて、古くからの規範に忠実かどうかなんて表面的なふるまいで測れるようなものではないはずだ。そうはいっても、いま目の前にいる龍治さんのような人を見ると、男ってのはこうじゃないとな、という気持ちがどうしてもこみ上げてくるのである。人間とは矛盾を内包した存在なのだ、と都合の良い言い訳をきちんと用意しているあたり、私は実に男らしくない。

明るい雰囲気のメキシカンバーで、私たちはテーブルを挟んで向かい合っていた。スパイスのよく利いたタコスをかじり、ライムをぶち込んだコロナビールをぐびぐびと力強くラッパ飲みしている龍治さんは、座っていても私より頭一つ分以上は高く、肩幅は倍もあるように見えた。もちろん錯覚なのはわかっている。大きく開いたワイシャツの胸から見える肌は赤銅色で、ひとつひとつの筋肉がはっきりと存在を主張していた。それでいて威圧的なところは少しもなく、全身から愛嬌があふれ出ているようだ。顔は彫りが深く荒削りな感じで、眉が太く、話し声にもコントラバスが鳴っているような太さがあった。こういうのを、胸腔を共鳴させるチェストボイスというらしい。なんとなく薩摩っぽくて、龍治さんに似合う響きだと思った。

「今日はわざわざありがとうございます。お酒が入りながらのほうが喋りやすいので、ここで話すことにしたんです。なかなかいい店でしょう。気に入っていて、妻とよく来るんですよ」

インドカレーはよく食べる私だが、インド風の舌が燃えるような辛さとは違う、舌に刺さるようなメキシコ式の辛みと、鼻に抜ける柑橘の香りは新鮮に感じられた。酒好きの人ならこれにテキーラを合わせるのだろうが、あいにく今日も車なのでコーラだ。

こういう人と怪談というのは取り合わせが悪いような気もするが、怪異というのはフィジカルよりメンタルな存在だと考えれば、満更ないわけでもないだろう。龍治さんは、こんなことがあったんです、と声のトーンを一段下げて本題に入った。

「雨の休日でした。妻が実家の用事で出かけていたので、俺はひとりで自宅にいて、テレビのＹｏｕＴｕｂｅで長渕さんの歌を流しながら、スクワットとプランクで筋トレをしていたんです。そうしていると、マンションのインターホンが鳴りました。宅配業者でも来たかな、と思って画面を見ると、セーラー服を着た女がそこに立っていたんです。

夏服のセーラーで、胸の前ではリボンが風に舞ってひらひらしているんですけど、首がないんですよ。襟の間、首があるはずのところは真っ黒の空間で、首が斬られた傷口とかは見えませんでした。えーと、たしか手ぶらだったと思います。

そいつを見てたら、笑えてきちゃったんですよ。

マンションの外廊下に首のないやつが突っ立っている姿が、なんだか無性におかしくてたまらなくなりましてね。首がないんじゃ何か訊いても喋れないだろうし、俺に用があるならうちに入れてやろうと思ったんです。

リビングから玄関へ向かって歩いてると、わくわくしてきたんですよ。ドアを隔てて、あの面白い子がそこにいるんだと思うとね、こらえてもこらえてもにやついてしまうんです。わかります？　この感じ。

でもがっかりしましたよ。

ドアを開けた瞬間にね、リビングのほうから物凄い力で風が吹いてきましてね。俺も危うく転びそうになるぐらいの風圧でした。そのせいで、玄関の外に立っていた首のない女の子が吹き飛ばされちゃった。それこそ糸が切れた凧みたいでしたね。うちは四階なんですけど、廊下から外に飛んでいっちゃって、あっという間に見えなくなっちゃいましたよ。

いったい何をやらかしてくれるのかと思いましたけどね。吹けば飛ぶような存在に過ぎなかったというか、まあ大したやつじゃなかったですね。たかが首がないだけじゃあ、どうということもないんですね。どっちかというと、首がふたつあるやつだったらもっと面白かったのかな。ほら、化け物ってパーツが多い系と少ない系があるじゃないですか。一つ目小僧と三つ目小僧とか」

龍治さんは太い眉をぴくぴくさせながら、人懐っこい笑顔を浮かべて三本目のコロナビールをひと息に飲み干した。

その女の子を飛ばしちゃった風は、どこから吹いてきたんでしょうか。誰の力で吹いたんでしょうか。私が問いかけると、龍治さんは「俺は家に上げてやろうと思ってたんで、あんなふうに追い払っちゃうのは本意ではなかったです。まあ、でも家は俺一人のものじゃないですからね。妻はそのとき留守ではありましたけど、きっとああいうものに入り込んでほしくなかったんでしょう。ええ、もちろん妻には言っていません。家があれを拒絶した以上、言わないでおくのが彼女のためだと思いますからね」と答えた。

男ってのはこうでなくちゃいかんな、と時代錯誤な感想が私の胸をよぎり、コーラのおかわりとチョリソーを追加注文した。龍治さんはジョッキのビールを注文し、その中にテキーラをショットグラスごと沈めて飲み始めた。こうして飲むのもカクテルの一種で「デスペラード」と呼ぶそうである。

龍治さんによく似合う名前だと思ったが、怪異との相性は良いとはいえないだろう。

セーラー服を着た首のない女が、風に飛ばされて空を舞っている姿を想像すると、私もなんとなく愉快な気持ちになってきた。

ハインリッヒの法則

慶太さんが、客先への見積もり作成がいくつも重なってしまい、深夜のオフィスでひとりパソコンに向かって残業をしていたときのことである。

十一時を回った頃、さすがに疲れてきたので一度デスクから立ち上がり、軽くストレッチをして固くなった身体をほぐそうとした。数秒、強く目を閉じてから開く。首を左右にひねり、腕を首の後ろに回して肩の関節を伸ばす。

後ろから何かの気配を感じ、ぞくりと背筋に冷たいものが走る。

身体ごと後ろに向き直ったときには、反射的に拳を握っていた。自分のデスク周り以外はすでに電源が落とされ、薄暗い空間に、赤いワンピースを着た女の上半身だけがふわふわと浮いている。すでに、手を伸ばせば届く間合いにまで近づかれていた。

女の手が、恐ろしいスピードで飛んでくる。平手で頬をいきなり叩かれ、口の中に鉄の味が広がる。一発で口の中が切れたようだ。女の姿が見えた瞬間の恐怖を、怒りが塗り潰すのを慶太さんは知覚していた。

この野郎、やってやるぞ。

女の顔面めがけ、左フックを放つ。赤いワンピースを着た上体がゆらりと揺らぎ、拳は空を切った。

——スウェイバックで避けられた——？

化物なら化物らしく、パンチぐらいすり抜ければいいものを、わざわざボクシングテクニックで避けるなんて、俺のことを馬鹿にしているのか。慶太さんは全身の血液が逆流するような憤怒に突き動かされ、握っていた右手の拳から二本の指を立てた。

これでもくらいやがれ。

瞳のない、白い両目に向けて思い切り二本指を突き出した。次の瞬間、右手に激痛が走り「ぐうっ」と呻《うめ》く。

女の手刀が、慶太さんの指の股、人差し指と中指の間に食い込んでいる。皮膚が裂けて血が噴き出した。反射的に、右手を反対の手で握りしめると、女はぐふ、ぐふ、ぐふふと不快な笑い声を立て、オフィスの天井をすり抜けて上の階へと消えていった。

「そんな手じゃあ、見積もりを作ろうにもパソコン操作ができませんからね。仕方ないのでクライアントに謝って、提出を延ばしてもらいました。困ったのは会社への報告ですよ。いきなり上半身だけの女が現れて喧嘩になり、目突きをやろうとしたら手刀で受けられて怪我をしました。そんな労災報告書が出せますか？　仕方がないので、トイレに立とうとしたら転んで、デスクの角に手をぶつけました、そう書いて出しましたよ。苦しい言い訳だけどそれしか思いつかなかったんです。で、会社としてはそういう事故報告があった以上、何も安全対策をしないということはできない。そういうわけでうちの会社では、各自のデスクの角にはゴムのカバーが取り付けられることになったんです。意味のない対策ですよ。でも本当のことは言えませんからね。あの女ですか？　まったく心当たりはないし、同じフロアの同僚に訊いてみても、霊だの妖怪だの信じてる人は誰もいないんで、全然話にもなりませんでした。あれ以来、ひとりで残業はしないようにしています。せめて本当のことを知っている自分だけは、ちゃんと安全対策をしておかないとね」

怪異に目潰しが効くのかどうかは、私では何とも判断のしようがなかった。
空手は私の専門外なのだ。

透過

満員電車の中で、女のハイヒールらしきものに足を踏まれた。明らかに爪が剥《は》がれた感触とともに激痛が走り、「いてぇ！」とつい大声が出た。

乗客がいっせいにこちらを見るのがわかる。足の痛みだけでなく、迷惑そうな視線も痛くて仕方がなかった。

目的の駅で降り、ホームの端に寄って靴を脱いでみた。

血でぐっしょり濡れた靴下の外側に、剥がれた爪がへばりついていた。

ファム・ファタールの料理店

指定のファミレスへ出向くと、春哉さんはまだ到着していなかった。こちらが少し早すぎたようである。とりあえず広めのテーブルに座り、まずパソコンを開いてフリーの無線LANにつなぐ。今日のお話はファム・ファタールにまつわるものだということなので、下調べしておいたその概念について復習しておきたいのだ。

ファム・ファタールとは、フランス語で「運命の女」を意味する。男にとっての運命的な恋愛の相手ということだが、同時に、男を破滅させずにはおかない魔性の女という意味でもある。文学作品では、アベ・プレヴォの『マノン・レスコー』や小デュマの『椿姫』、谷崎潤一郎《たにざきじゅんいちろう》の『痴人の愛』などが有名であり、また怪談やホラーの世界では、人を魅了して食い殺す、女の食人鬼や吸血鬼のたぐいもこれに入るであろう。紀元一世紀の哲学者アポロニウスには、弟子を誘惑する美女が実は彼を食い殺そうとする妖怪ラミアだと見破るエピソードがあり、東洋では、明代の中国で成立した『剪灯新話』に収録され、日本の怪談にも大きな影響を与えている「牡丹灯記」がすぐに思い浮かぶところである。そういえばラミアは人面蛇身の姿で描かれることがあり、中国の白蛇伝に通じるものがある。日本にも安珍と清姫の説話があるし、蛇と美女というモチーフには普遍的な魅力があるのかもしれないな……などと考えていたところに、「お疲れさまです、早かったですね」と春哉さんがテーブルにやってきた。私より頭一つ分以上は背が高く、手足と首が長いすらりとした優男だ。いかにも女性にもてそうなタイプに見えるが、実はつい最近離婚したばかりである。旅行先の沖縄で、奥さんに見せてしまった醜態がひとつのきっかけになったのだった。

春哉さんが幼い頃、性の目覚めは唐突に訪れた。まだ幼稚園児の頃だったが、見知らぬ大人の裸女に抱き上げられ、そのまま食べられる夢を見たのである。

「それが、ものすごく気持ちよかったんです。ひと噛みされるごとに、全身に甘い電流が走るんですよ。痛みも恐怖もなくて、ただただ甘美な夢でした。食べられている自分と、それをちょっと離れたところから見ている自分の、ふたつの意識が同時に混在しているんです」

女は、小さな春哉さんの胴体を両手でつかむと、福々しい微笑みを浮かべてまず右肩にかじりついた。麩菓子が折れるような感触とともに、肩の関節がもぎ取られて腕が地面に落ちる。次いで女は脇腹に食いつき、肉を引きちぎっては迸《ほとばし》る血を啜る。女が感じている美味までもが、春哉さんの意識に伝わってきたのだが、不思議なことに味そのものはまるで覚えていない。ただ「おいしい」という感情だけが、脳に直接流れ込んでくるのを感じたのだった。そして、春哉さんの頭をすっぽりと口の中に入れた女は、そのまま首を噛み切って、頭蓋骨を奥歯でごりごりと砕き、とろりとした脳を嚥下していく。陶酔と幸福感に満たされた春哉さんは、なぜかありがとう、ありがとうと連呼しながら、残った胴体と脚部が噛み砕かれていくのをずっと見ていた。すっかり食べ尽くした女が、春哉さんの血にまみれた裸体を横たえて眠りにつく。夢はそこで終わった。目を醒ました春哉さんは、自分の陰茎が硬く隆起しているのを初めて認識したのだった。

「それが、記憶にある初めての性的陶酔でした。女は、まだ若いけど大人で、全く知らない顔をしているんです。開けてるのか閉じてるのかわからないぐらい、すごく細い垂れ目で、びっくりするぐらい鼻が高くて、美人といえば美人だけど、どっちかといえば個性的な顔ですね。こういう夢を見たことも、勃起していたことも、すごく恥ずかしいことなんだと思って父や母には言いませんでした。でも、またあんな夢を見たいなと思ったのをよく覚えています」

その願いは、すぐにかなうことになる。

「一ヶ月ぐらい経った後だったと思います。今度は、自分が大きなまな板の上に乗せられている夢を見たんです。すぐに、ああこれだ、これを待っていたんだと気づきました。前の夢に出てきたあの女が、手に大きな包丁を持っている。それで僕の身体を切るんだな、と思っただけで胸がときめきました」

女は華麗な包丁さばきで、春哉さんの小さな身体を解体していく。前回と違って血はほとんど出ることがなく、まず手足と首を落とされた胴体は、あっという間に三枚おろしにされた。そして女は、刺身になった春哉さんに醤油をつけて平らげていったのだ。

その後も一ヶ月から三ヶ月に一度ほどの頻度で、この夢を見続けることになる。

「あるときは、僕の身体を麺棒で延ばしてうどんの生地にしたこともあったし、あるときは丸ごとの僕に卵液とパン粉をつけてフライにしたこともありました。そのうちに僕も小学校に入って、身体も成長していきますよね。十歳になって間もなく、そのときに見た夢ではミカンみたいに皮をむかれて中の肉をむしゃむしゃ食べられたんですけど、目が醒めると夢精していたんです。これが僕の精通でした」

しかし、この甘美な夢の世界に入ることができたのは、その夜が最後だった。

成長していくにつれ、春哉さんも性についての知識をいろいろと身につけていった。そして正しい性欲を知った、知ってしまった春哉さんは、あの女に食べられたいという欲望を恥ずかしく汚らしいものだと思うようになる。「変態、という概念で塗り潰してしまったんです」と語る彼の顔は、いかにも口惜しくて仕方ない、勿体《もったい》ないことをしたものだという苦渋の表情である。

大きな声で話せる内容ではないから、周囲の客を気にしながら小声で喋っていると、さすがにこちらも疲れてきた。とりあえずドリンクバーに立ち、コーヒーを淹れてくる。春哉さんは、昼間からハイボールを呷っていた。離婚してから酒量が増えて、このままではいけないと思ってはいるそうである。

起きている間に、自分の意志で性欲を満たす手段を知って以降は、あの夢を見ることもなくなった。やがて思春期を過ぎ、すらりとスタイルのよいイケメンに成長した春哉さんは、女性と交際する経験も豊富に積んでいき、三十歳を過ぎて間もなく結婚した。丸顔で目がくりっとした、猫を思わせるタイプの美人だったという。

「初めて会ったとき、これが僕の理想の女性だったんだ、と思いました。ずっとこの女を待っていたんだという気がしましたね。いい女でした、本当に」

結婚生活は三年に及び、夢のように幸福だったと春哉さんは語っている。その夢が破れたのは、三回目の結婚記念日を祝うため、ふたりで沖縄へ旅行したときのことだった。

海の見えるリゾートホテルで一週間を過ごし、シュノーケリングを楽しんだというのだから、ずいぶん豪儀なものだと私は思った。沖縄どころか九州や四国にも行ったことはないし、山海のアクティビティにも縁のない人生を送っている私である。

旅の後半、五日目のことだった。

春哉さんご夫婦は異国情緒の漂う市街地を散策し、ショッピングを楽しんで、昼時で混み始まる前に、少し早めのランチを食べることにした。あまり観光客向けではなさそうな、小さな沖縄そばの店に入る。

開店したばかりの店内はがらんとしており、ほかに客はおらず、ホールスタッフもいない。厨房にいた、意外にもまだ若い女の店主が、ひとりで切り盛りしている様子だった。期待した通りの店だ。

店主は、藍染めのエプロンとバンダナを身につけ、個性的な美人だった。細長い顔でぱっと見にはまぶたを開いているのか閉じているのか判別しづらいほど細い、垂れ目をしている。鼻が高く、口もとにはいかにも商売人らしく如才なさそうな微笑みがたたえられていた。

あの女だ。

およそ二十年ぶりに、春哉さんの全身を甘い陶酔が満たし、足が進まなくなる。後ろから追い越してきた奥さんが、「ふたりなんですけど、いいですか」と店内に声をかけた。

その声に反応して、店主がこちらを向き、口を開いた。

「いらっしゃい、いつものでいい？」

独特の優しさをたたえた琉球なまりで、耳がとろけそうに優しく官能的な声がした。

夢の中では、あの女はひと声も発したことがない。声を聴いたのはこれが初めてだ。

奥さんは「いや初めて来たんですけど、誰かと間違えてないですか？」などと言いながら店内へずんずん進んでいき、厨房から一番近いテーブルに腰掛ける。春哉さんは、踵《きびす》を返して猛然と走り出した。ここにいてはいけない、という危機感が身体を突き動かす。全力で走る下半身に異様な突っ張りを感じる。昨夜も夜明け近くまで愛し合ったというのに、ズボンが破れそうなほど勃起しているのがわかった。

ホテルまで走って帰り、部屋に飛び込んでズボンと、体液がべっとりとついたボクサーパンツを脱ぐ。獣じみた呻き声が漏れているのが自分でもわかった。下半身裸になってベッドに横たわり、隆起したものを握る。自分の身体の一部だということが信じられないほど熱く硬い。握る手に自然と力がこもった。強く握っただけで、腰が抜けるほどの絶頂感とともに大量の白い液が放出された。目の前に霞がかかったようになり、かすかにあの女の面影が浮かぶ。握っているものは硬度を失わないまま、どくどくと力強く脈打ち続けていた。ほとんどひとりでに手が動く。全身が震えるほどの快感が長く続く。ほどなく二度目の絶頂が訪れた。あの女の顔は、もはやかすかな面影どころではなく、くっきりと眼前に浮き出て、艶然とした笑みをたたえたまま、口がゆっくり動く。

わ、た、し、よ

歓喜で脳が爆《は》ぜるかと思った。二度の射精を経ても一向に萎えないものを、力を込めて握りしめながら、仰向けで腰を震わせ続ける。時間がどのくらい経ったのかわからなくなった。

六度目の絶頂が近づいていたとき、あの女しか見えていなかった視界の外から、「ちょっと春くん！　何やってんの！」と聞き慣れた奥さんの声が響いて、現実に引き戻された。春哉さんが突然いなくなったのを心配して、ホテルまで帰ってきたのだ。嫌悪に眉をひそめる奥さんの顔を見ながら、ほとんど透明に近くなった少量の液を吐き出すと、春哉さんの男性器はようやく硬さを失って平常に戻っていった。

「その日のうちに、彼女ひとりだけ飛行機で帰っていきましたよ。荷物をみんな運び出して、財産分与も何もいらないからとにかく別れてほしい、もう二度と顔も見たくないって、弁護士を通じて言ってきました。こちらとしては何の申し開きもできません。家と車をよこせと言われなかったのを、ありがたいと思うばかりです。思えば彼女には悪いことをしました。運命の女がほかにいることをわかっていながら、勝手にこの人こそ俺の理想だなんて、おためごかしの思い込みを押しつけていたんですからね。特に争うこともなかったんですけど、でも離婚って思っていたより大変ですね。あれこれと手続きがあって、三ヶ月かけてようやくすっきりしました。ひとりで、がらんとしたマンションの部屋にいると間がもたなくて、どうしても酒に手が伸びますね。家ではもっぱら麦焼酎のお湯割りです。今のところまだ手が震えたりはしませんけどね。え、沖縄ですか？　あれから行ってないです。だってわざわざ飛行機に乗っていかなくたって、あのひとには毎晩ちゃんと会えますから。ええ、目をつぶればすぐ夢の世界に入れるようになったんです。これが、僕の本当の運命だったんだと思えば、なんの不満もないですよ。ねえ鷲羽さん、あなたにだっているかもしれないんですよ、そういう運命の相手が……。あなたは今の奥さんが運命の人だと思っているかもしれないが、そうとは限らないんです。人間の運命ってね、いつどうなるかわからないんですよ。そうなったときの覚悟ができていますか。僕がここまで話したからにはね、聞いたあなたにもそれなりに腹をくくってもらいたいんですよ。そうじゃないですか。人に恥を晒させておいて、自分だけ身ぎれいでいたいなんて、虫がよすぎるじゃないですか。そうでしょう。違うとは言わせませんよ」

　八杯目のハイボールを飲み干し、すっかり目が据わった春哉さんは九杯目を頼もうとしている。店員もさすがに心配そうな目でこちらを見ているので、私は「そろそろ出ましょう」と声をかけて、自分のストロベリーパフェを大急ぎで空にした。

なお、春哉さんは「今の奥さん」がどうのと言っているが、私はいまのところ結婚したことはない。

醸《かも》し

冬の日に、仏壇にあげたご飯を下げるのを忘れていたら、翌日には茶碗の中でどろどろに融けていた。

促《うなが》し

ビルの屋上へ向かおうとしたら、エレベーターから降りてきた、三歳ぐらいの見知らぬ女児に「しぬのがんばってね」と言われて、飛び降りを思いとどまった。

擁《よう》し

キジトラの子猫を拾って育てているが、祖母の遺影を見たらいつの間にかそっくりな猫を抱えていた。

失し

緩和ケア病棟に入院した夜から、資産家だった父が夢枕に立ってどこそこの株を買えと言い続けている。

逆神

実花さんが小学生の頃、住んでいた家の近くにあまり大きくない神社があった。

神社に用はなかったが、参道を通って向こう側にある友達の家に行こうとした。すると、竹藪の向こうに白い馬の首から上だけが見えた。何かのお祭りだろうか、と思ったが境内はがらんとしていて参拝客はいない。馬は歩いているように見えたが、蹄《ひづめ》の音は聞こえなかった。音を立てずに歩いている。いや、馬が歩くときはぱかぱかと音がするだけでなく、上下に揺れるものだ。しかしこの馬はまったく揺れることなく、舞台の書き割りを引っ張っているかのようにすうーっと前に進んでいったかと思うと、目で追っている実花さんをあざ笑うかのように、鳥居をくぐるかくぐらないかのところで消えて見えなくなった。辺りを見回してもどこにいない。

何だったんだろう、と思っていると社務所のガラス窓に自分が映っており、その後ろに白い馬が見えた。後ろを振り向くと何もいない。再び前に向き直ると、ガラス窓の中にだけ馬の姿があった。

馬には脚がなく、胴体だけが宙に浮いていた。

実花さんは、これはきっと神様が乗る馬だと思い、柏手をふたつ打って礼をした。するとガラスに映る馬の姿が消えた。

友達の家に着くと、その子がひきつけを起こして倒れ、家族が大騒ぎしている最中だった。次の日に死んだと聞いた。

翌年に実花さん一家は遠くへ引っ越していき、今となってはその神社がどこにあるのかも定かではない。

この世の未練

祖父が亡くなるとき、今わの際に「俺はまだ死ねない、あの方にお詫びを済ませてからでないと……」と呻きながら死にました。家族を深く愛している人だったのが、妻や子や孫へ残す言葉は一片たりともなかったのです。祖母は、「あの方」とやらにまったく心当たりがなかったようで、葬儀の間もずっと釈然としない様子でした。

五年後に、まだ若かった父が病に倒れました。相当な痛みがあったでしょうに、看病する母への気遣いを忘れぬ、優しい人でした。自らの運命を淡々と受け容れ、最後の入院をする前に家の名義も私のものに書き換え、贈与税まできちんと払っていたんです。うちの財産状況だと、相続でも生前贈与でも税額にそれほどの差はなかったようですが、父は自分が生きているうちにできることはすべてやっておきたい、と考えたのです。

そんな父ですが、入院してからしばらく経つと、緩和ケアの鎮静剤もあって意識が混濁してきました。朦朧《もうろう》とする中でしきりにうわ言が出るのですが、それも実に穏やかなもので、ありがとう、ありがとうと私たちに繰り返すのです。母は父の手をさすって、その安らかな顔を眺めていました。

いよいよ臨終、というときのことです。

ほとんど眠り続けていた父が、急に眼を見開いて「いかん、まだいかん。あの方への謝罪が済んでいない。何てことだ、こんなに大事なことを私は……」と絞り出すような声で言ったのです。それが最期でした。それまでずっと穏やかに鎮静していた父が、目を見開いた苦悶の表情で亡くなったのです。母は茫然として、父が亡くなった悲しみを受け止めることすらできず、ひたすら困惑していました。ええ、父の人生にそんな揉め事なんて聞いたことがありません。母も知らないと言っていました。葬儀に来てくださった父の友人の皆さんに、それとなく訊いてはみたのですが、誰一人として父にそのような相手がいることを知りませんでした。誰からも、どこからも後ろ指をさされるような話が出てこない、本当に優しく誠実な父だったのです。

それから三十年になりますが、息子である私はね、父みたいに立派な人間にはなれませんでした。

職場でもしょっちゅう人とぶつかったし、最初の結婚にしくじったこともあって、ずいぶん多くの人に不義理をしてきたと思っています。でもたいていの人間は、そんなものなんじゃないでしょうか。あなただって、人の生き死にを飯の種にしているんだから、そんなに胸を張れるようなもんじゃないでしょう。

ええ、私も父と同じ病気になりましてね。何度か手術もしたしいろいろ治療もしてきましたが、そろそろ年貢の納め時が近づいているのは自分でもわかります。

死ぬのが怖くない、未練は何もないと言ったら嘘になります。私はそんなに立派な人間じゃないですから。でもそれより怖いのは、私も誰かに謝らなければ死んでも死にきれないような気持ちになるんじゃないかということですよ。祖父や父と違って、私には心当たりが多すぎるんです。いったいどれが最期の未練になるのか、それとも全然知らない未練がいきなり現れてくるのか、そこがわからないんですよ。不義理をした相手に怨まれたまま死ぬことなんて、全然怖くもなんともありません。でもこんな私を支えてくれた今の妻や子たちに、余計な混乱を遺して逝きたくはない。今の私が恐れているのは、それだけです。

忍者屋敷

夜中に尿意で目が醒め、トイレに行った。

用を済ませて部屋に戻ろうと、暗い廊下の壁に何気なく手をついたら、壁の一部がぐるんと一回転して、音もなくぴったり閉まった。

もう一度押しても何も起こらなかった。

アスデートゥ

職場のパソコンでメールのやり取りをしていたら、コピー機のほうからいきなり「アスデートゥ」という子供たちの歌声がした。「ハッピーバースデー」の歌が、途中から始まってすぐに終わったような、スマホの誤動作で動画を途中から大音量で再生してしまい、慌てて止めたような音だった。

オフィスにいた全員が驚いてそちらを見たが、誰もいない。

画面に目を戻すと、担当者が昨夜急死したので交代します、という後任者からの連絡が新着メールに入っていた。

誤射

俊弥さんには、交際四年でそろそろ結婚を考えている、咲子さんという彼女がいた。合コンで知り合った咲子さんは、何事も大雑把なところはあるもののよく言えば細かいことを気にしない、明るく社交的でよく笑う、誰とでもすぐ仲良くなれるタイプの女性である。背は低いがグラマーで、女性らしく柔らかな体型をしているところも、気に入っているそうだ。

ある冬の日のことである。

俊弥さんは、大型ショッピングセンターで服や日用品、食材などの買い物をしていた。来週は咲子さんと泊まりがけのデートに行くので、下着なども新調し、大きな荷物になった。ムードによってはその日にプロポーズすることも考えている。想像するとつい頬が緩むのを感じ、すれ違う人に笑われないよう慌てて顔を引き締める。まあ浮かれ切ってましたね、と俊弥さんはそのときの心境を語った。

買った諸々の品物を両手に持ち、出口の近くにあるペットショップの前に差し掛かった。俊弥さんは犬が好きで、結婚したら飼いたいと思っている。今日ここで買うつもりはないが、今後のために、どんな子犬が売られているのか見ておこうと思った。

昔のペットショップは生体を檻の中で展示していたものだが、最近の店は透明なアクリル板で仕切った開放的なスペースで展示をしている。子犬どうしで戯れたり、世話をするスタッフにじゃれついたりする姿はどこまでも愛らしく、いつまで見ていても飽きない。ショーケースの前には子供連れやカップルがごった返していた。

白いマルチーズの子が、小さなバナナのぬいぐるみを一心不乱にかじっているケースの前で、見覚えのある、ふわふわしたピンクのニット帽が目に入る。痩せて背の高い、眼鏡をかけた学生風の若い男と、小柄でふっくらした女が、それにぶら下がるように絡みつく姿があった。腕を組むどころか、男の腕をつかんで大きな胸に圧《お》しつけてすらいる。人前でするには大胆すぎるほどの媚態を示していた。

咲子さんと、見知らぬ若者だった。

自分と会っているときの表情と寸分違わぬ、いかにも嬉しくてたまらないといった笑顔を浮かべている。男のほうは顔を赤らめており、むしろ咲子さんに圧倒されて戸惑っている様子であった。お互いそれほど遠くないところに住んでいて、生活圏は重なっている。このショッピングセンターで一緒に買い物をしたことだって、何度もある。こんなところで堂々と浮気をするなんて、いくら大雑把な性格とはいえ無神経にもほどがあるだろう。しかも相手はまだ若く、下手をすればまだ高校生ぐらいではないか。俊弥さんは、怒りと恥ずかしさのあまり血の気が引いていくのを感じた。

咲子さんが、こちらに気づいた。俊弥さんがここにいるのを見て、一瞬はっとした顔になったかと思うと、ふたたびいつもの屈託のない笑顔に戻って、相変わらず若者の腕におっぱいを圧しつけたまま、俊弥さんに向かってウインクをしながら舌をぺろりと出してみせた。

てへぺろじゃねえんだよ、と声が出そうになるのを必死でこらえ、俊弥さんは殺意を込めて咲子さんを睨みつけた。

彼女の目の前にあるショーケースの中で、マルチーズの子がひと声きゃいんと鳴いた。そしてこてんと倒れて痙攣し始める。咲子さんが「あっ大変！」と大声を出したので、スタッフが慌てて集まった。小さな身体を抱え上げ、胸を押して心臓マッサージをしたり、口を開けさせて背中をさすったりしている。ごった返していたお客が口々に「どうしたの」「なになに」などとざわめき、集まってきた人の波に押されて俊弥さんは咲子さんを見失ってしまった。

とにかく一度家に帰って、頭を冷やそう。そう思って俊弥さんは駐車場に停めてある車に戻り、荷物を後部座席に置いた。すぐに咲子さんから電話がかかってきた。

ごめんねえ、あの子可愛かったから。

開口一番、耳がとろけるような声でそう言われた俊弥さんは、怒る気力が急速に萎えて、甘い諦めが全身を満たしていくのを感じた。許すも許さないもない。ああ、俺はこうやって生きていくのだ。どうしたってこの女から離れることなどできないのだ。そう観念したというのである。

その翌週、予定通りに俊弥さんは咲子さんとお泊りデートに行き、予定通りにプロポーズをして承諾された。

「浮気はいくらしてもいい。でも既婚者とか未成年とか、相手に迷惑をかけることだけはやめてくれ。こちらからの条件はそれだけです。しょうがないですよ、あんなに情の豊かすぎる女を、ひとりで押さえつけておくことなんかできません。浮気してるかどうかなんていちいち詮索しないことにしました。でも、もうすぐ四人目の子供が生まれるんですけど、みんな僕の子です。ちゃんとDNA鑑定しましたから、確実ですよ。その辺はきちんとやってくれているようなので、安心しています。犬も元気ですよ」

あのときのマルチーズは、ひきつけを起こしたのは一時的なもので癲癇など深刻な異常はなかったらしく、無事に俊弥さんたちの新世帯にお迎えされ、夫婦の愛情を一身に受け、また子供たちのよき友として、幸せに過ごしている。

ただ、半年に一回ぐらいの頻度で、食べたものを吐いて転げ回ることがあるが、獣医に診せてもとくに病気は見つからないそうだ。

子供たちの挽歌

真夏の都会にいるのが嫌になり、逃げ込んだ北国のホテルで、深夜の三時まで動画を見ていた。アイスクリームがどうしても食べたくなり、歩いて五分ほどのコンビニへ行くため部屋を出て、エレベーターに乗って夜間通用口のほうへ向かう。

エレベーターからホールに出ると、ゴルフバッグを抱えた子供たちでごった返していた。こんな時間に練習を始めるのだろうか、と訝《いぶか》しく思いながら、同じウェアを着た子供たちの大群をかき分けて、建物の外に出た。

振り返ると誰もいなかった。

コンビニでアイスクリームと食塩を買い、通用口の外に盛り塩をしてからエレベーターに乗り、自分の部屋に戻った。溶け始めているはずのアイスクリームが、スプーンが入らないほどこちこちに凍っていた。

ママの面影

北斗さんはその日、三歳の息子を連れて、入院している奥さんを見舞うため電車に乗ろうとしていた。

駅のホームで待っていると、列車がやってきた。息子が「あっママだ！　ママがいるよ！　でんしゃのうえにママがいる！」と指さして大声を出す。

こら、変なことを言うのはやめなさい。そう言ってたしなめようとした。

電車の上を見ると、全裸の若い女が、長い髪と豊かなバストを振り乱して踊っている。あっけにとられているうちに、まだ動いている電車から線路に飛び降りて、プラットホームの下へ走り込むと見えなくなってしまった。

「不思議なのは、あの女は妻とはまったく似ても似つかなかったんです。息子はどうしてあれをママだなんて言ったのか、問いただしても『だってママだったもん』の一点張りでしてね。三歳じゃあまだ、自分の思っていることをうまく表現できないのも仕方ないですけど。いやあ、それにしてもすごい巨乳だったんですよ。あんなでかいのは見たことないです」

北斗さんの奥さんはそのとき、乳腺炎の治療で入院していたのだが、幸い乳房を温存することができて、間もなく退院したそうである。

遠隔

自ら「私ってガサツなんす」と言う陽葵《ひまり》さんは、今日も高校時代のものだというジャージの上下で、私の取材を受けるためカフェに来ている。ここまで四キロも走ってきたというから驚きだ。中高でバスケットボール、大学ではボルダリングをやり、今もジムやプールでの運動は欠かさないという。みごとなスタイルだがそれを維持する努力というわけではなく、純粋にストレス解消のためだというから実に素晴らしいものだ。ベリーショートの髪と、大きく口を開けてがははと笑う表情もよくマッチしていて、好感が持てた。対するこちらは、黒いポロシャツにこれまた黒いズボンというでたちで、ぱっと見には、女子プロレスの若手とコーチのおじさんとでもいった風情だろうか。

明るい陽葵さんの周りにはいつも男女の別なく友人たちが集まっていて、笑顔が絶えない。みんなから姐御と呼ばれ、慕われているのだというが、よくわかる。「こんな私みたいなもんを、慕ってくれるんだからありがたいっすよ」と話す態度も、嫌味なところがなくて好印象だ。

そんな陽葵さんが、不気味な体験をしたというのである。

その日も、仲間たちとの飲み会で盛り上がって、満足してひとり暮らしのアパートへ帰り、なんとかメイクだけは落としてからベッドに入った。ずっとこんな日々が続けばいいのに、とすら思いながら眠りについた。

左の前腕に、ぴりぴりした感触をおぼえて目を醒ます。

寝間着のキャミソールから露出している腕の内側に、五センチばかりの間隔をおいて横向きに三本の傷がついていた。深くはないが、引っ掻いたようなものではなく明らかに刃物で切った傷だ。血はすでに止まっており、傷口の周りでは乾いた血が固まってこびりついていた。

大学のとき、同じ授業を取っていた女子が、彼氏とうまくいかず不安定になり、手首から腕にかけて傷だらけになっていたのを思い出した。でも、自分はリストカットなんてした覚えはない。

寝ぼけて無意識に切ったのだろうか、と思って周囲を探したが、刃物がその辺に落ちているようなこともない。キッチンの包丁や果物ナイフもいつもの場所にあったし、血もついていなかった。

――誰かが侵入して切った――?

恐ろしくなった陽葵さんは、慌てて戸締りを確認したが、玄関も窓もしっかり施錠されており、人が出入りした形跡もまったくない。奇妙なことに、ベッドのシーツを調べても血のシミはひとつもなかった。首を傾げながら、血で汚れた傷口の周りを洗い、すでにかさぶたができている上から消毒液をつけた。さすがに少し沁みる。

誰かに話しておきたくなり、陽葵さんは遠く離れた実家で暮らしているお母さんに、電話をかけた。

まだ朝早い時間だというのにすぐ出たお母さんは、ただならぬ様子で「あんたどうしたの!」と電話でもわかるほど血相を変えている。気圧《けお》されて「何かあったの?」と問うと、進学で出ていったときのまま残されている陽葵さんの部屋で、血のついたナイフが突如出現したのだという。

「私の部屋は二階なので、外から入ったり窓から投げ込んだりするのはまず無理なんですけど、誰かが家に侵入したわけでもないようなんす。そんなナイフに心当たりなんかありませんし、いったい何がどうなっているのか見当もつかなくて。え、そのナイフすか。母から送られてきた画像を見せますね」

そのナイフは、刃渡りおよそ二十五センチはありそうな大型で、分厚い刀身とごついハンドルを備えていた。折り畳み機構を持たない、鞘に納めて携帯するシースナイフと呼ばれるタイプだ。ブレード以外の刀身には黒い艶消しのメッキが施され、背にはノコギリ状のギザギザを持っている。刃の部分には、たしかに赤黒く乾いた血のようなものがうっすらとこびりついていた。

「それにしても、このギザギザって何なんすかね。見た目に迫力を出すためとか？」

これは軍隊やハンターが使うアウトドア用のサバイバルナイフで、ギザギザの部分はセレーションといって、太いロープや植物のツタを切るのに使います。一九八二年の映画『ランボー』で使われて少年たちの間でも大ブームになりました。ベトナムで敵に捕まったスタローン演じるランボーが、このナイフで胸を切り裂かれる場面は悲鳴があがるほどショッキングだったんですよ。この映画によって、帰還兵といえば戦場のトラウマに苦しむというキャラクターが確立した、記念すべき作品なんです。そうそうスタローンといえば……

「何の話っすか」

均《なら》し

父の死後は兄弟三人で力を合わせて暮らしているので、ばらばらに停めた三台の車も、いつの間にかきっちり頭を揃えて並んでいる。

遇し

駅で拾った、知らない人宛ての固定資産税督促状を神棚に飾ってから、
パチンコでも競馬でも連戦連勝している。

証し

亡くなった祖母の部屋には鍵がかけられていたが、同じ鍵を使っても母以外には誰も開けることができなかった。

著《あらわ》し

高齢者施設で、寝たきりのまま亡くなった利用者のベッドを片付けていたら、床に血で「いやだ」と書かれていた。

一夫多妻

仕事が深夜までかかるので、待つことはないから先に寝ていてくれ、と妻に連絡しておいた。なんとか片付けて、家についたときは日付が変わっていた。

リビングには誰もいない。妻はもう寝ているようだ。スーツを脱いでハンガーにかけ、パジャマに着替える。明日は休みだから、風呂に入るのは朝にしよう。薄暗い寝室にそっと入り、妻が寝ているダブルベッドの掛布団を優しくめくる。

温かそうなフリースのパジャマを着た妻が、同じ顔をした裸のような恰好の女と抱き合って眠っていた。もうひとりの妻は、露出された乳房の周囲を透けた黒いレースで飾っているだけのカップレスブラジャーと、同じ素材らしい両サイドが紐で結ばれているTバックを身につけている。そんな卑猥なランジェリーは持っていないはずだった。

えっ、と声が出たか出ないかのうちに、もうひとりの妻は姿が透明になって消えた。

うっすらと目を開いた妻が、おかえんなさい、と甘えた声で言いながらパジャマのボタンを外して、ブラジャーをつけていない胸を開いて迎え入れてくれた。

明日からも頑張ろう、と思った。

お前に訊いてない

ホテルの十階で、窓の外をぼんやり眺めていたら、たすき掛けをして尻を端折った、岡っ引きみたいな丁髷《ちょんまげ》姿の男が空中を走っていった。

思わず「誰だよ」と口に出したら、耳元で「知らねえよ」と女の声がした。

茶色いうさぎ

欣也さんが子供の頃、まだテレビが一部の富裕層にしか普及していなかった時代のことである。

田舎の祖母の家に泊まると、庭で一匹の茶色いうさぎを飼っていた。しかし、うさぎは全然人に慣れておらず、欣也さんが近寄るとまさに脱兎のごとく逃げるし、飼い主であるはずの祖母にも全然近寄ろうとしない。祖母のほうも、うさぎを可愛がる様子は全然なく、ただ庭の片隅に柵で囲っただけのスペースに、野菜くずを放り込んで餌としているだけである。

都会っ子の欣也さんは、まさかペットではなく食料として飼っているのではないか、これを殺して俺に食わせるつもりなのではないかと怖くなった。しかし、その夜の食卓にはお刺身と野菜の天ぷらが出ただけなので、ほっとして寝床についた。

寝苦しくなって目を醒ますと、庭にいるはずのうさぎが布団の上に乗り、じっと欣也さんの顔を見つめていた。

うさぎのことなので表情も何もない。どんな気持ちなのか想像もできずに、こちらも身じろぎひとつせずただその顔を見つめていた。

金縛りに遭っていたわけではない。ただ身体を動かす気にならなかっただけである。

うさぎの耳が、少しずつ伸びているのに気づいた。

じっと見ているうちに耳はずんずん長くなっていき、やがて天井に届いて先端が少し折れ曲がった。なんだか愉快な気持ちでいると、うさぎが口を動かして何か言ったが聞き取れない。

まあいいや、どうせうさぎなんか大したこと言わないんだから、と思ってまた眠りについた。

翌朝、欣也さんが目を醒ますと、枕元で祖母が微笑んでいた。天井を見ると、うさぎの耳がくっついたあたりに、ほうきで掃いたような跡がついている。じっと見ていると、それに気づいた祖母が「この真上はね、お前のお母さんが生まれたところなんだよ」と意味の分からないことを言った。

ここは父方の家であり、母の実家はまるで別のところのはずだった。

祖母は次の年に亡くなったが、そのときにはうさぎを飼っていた痕跡はまったく残っておらず、親戚の誰に訊いても、うさぎを飼っていたことすら知らなかった。

鼠のお祭り

五十年ほど昔の秋である。

田舎町の中学生だった和彦さんは、勉強しろ勉強しろと口うるさく言う両親が嫌になり、スポーツバッグひとつだけ持って、自転車でなるべく遠くまで家出をした。

夜が更けてきて、疲れてひもじく心細くなったが、家には帰りたくない。まだコンビニなんて都会にしかない時代で、それにお金もあまり持っていなかった和彦さんは、空腹を抱えたまま、とりあえず野宿することにした。

周囲は田んぼばかりの暗い夜道に、わずかな街灯に照らされた、古ぼけたバス停の小屋があるのを見つけた。今日のねぐらをここに定め、和彦さんは自転車を停めた。

木造の小屋で、屋根と壁だけあって戸はない、あずまやだった。ベンチというのも粗末な、木の板があるのでそれに横たわる。バッグを枕に、着ていたジャンパーを毛布替わりにかけた。明日からどうしようか、という不安はそのままだが、身体は疲れているのですぐにうとうとし始めた。

わずかな灯りが入ってくるあずまやの中、ちょうど和彦さんの枕元あたりで、何か小さいものがうごめいていた。

夢か現実かわからない、曖昧な意識のままそれをよく見る。

五匹の鼠が輪になって、二本足で立って踊っていた。とっても楽しそうで、頬がゆるんだ。大きな鼠が二匹と、小さいのが三匹。きっと家族なのだろう。うちと同じだ。こいつがお父さん、こいつがお母さん、これが俺で、弟と妹もいる。家族ってやっぱり大事なんだ。そう思ったら涙が出てきた。明日は家に帰ろう、と思いながら和彦さんの意識は闇の中へ消えていった。

朝の光がまぶしく和彦さんの顔を照らし、目が醒めた。

ゆうべ鼠たちが踊っていたあたりに、全身ずたずたに噛み千切られて血まみれになった、大きな猫の死骸が放置されていた。

水晶の棺

昭和の後半、高校の演劇部で大道具担当の裏方をやっていた道夫さんは、一学年上の部長だった静子さんが演出した舞台で、入魂の道具を作った。

演目は『ロミオとジュリエット』と『東海道四谷怪談』をマッシュアップしたもので、一番の見せ場は、棺に入った仮死状態のジュリエットに、ロミオが口づけしようとするとそれがティボルトの怨霊に変わるという、四谷怪談における戸板返しの趣向である。

この仕掛けのため、アクリル板とラメの塗料できらきら光る棺の枠組みを作り、これを立てた状態で舞台上にセットする。ジュリエット役の演者はここに立って入る。棺の底にあたる部分が回転板になっており、その裏に控えているティボルト役の俳優が、スポットライトの消える一瞬で入れ替わるという寸法だ。

高校演劇としてはかなり大がかりな舞台装置であり、これを作るために道夫さんは相当な苦労をしたのだが、それを可能にしたのは静子先輩のカリスマ性だった。普段は飾り気のないひっつめ髪に眼鏡をかけた、どこから見ても地味な女学生だったのに、メイクをして舞台に上がるとまったくの別人に見えた。魔女を演じれば震えあがるほど醜悪になり、お姫様を演じれば気高く可憐で、娼婦を演じれば淫蕩《いんとう》かつ哀感に満ちていた。スタッフを統率する力も、高圧的なところは一切ないのに全員の意志をひとつの集合体にまとめる才能に長けていて、道夫さんは静子先輩に深く心酔していた。この人は僕のことを一番理解してくれる、と思わせてくれるのと同時に、世の中でこの人を一番理解できるのは僕だ、と思わせてくれる能力があった。これは狙ってできるものではない。天賦の才であろう。私が知る限り、この才能に長けた現代の人物として最も有名なのが、アントニオ猪木である。

「え、恋していたんですかって？　とんでもない。そういう相手じゃないんです。そうですね、たとえばあなた、自分が女だったら寺山修司《てらやましゅうじ》と結婚したいですか？」

わかったようなわからないようなたとえだが、まあそういうものなのだろうと思うことにした。私だって倍賞美津子になりたいわけではない。

ようやく完成した棺を、ゲネプロで初めて披露したときには顧問の先生や部の仲間たちから賞賛された。ジュリエットを演じる静子先輩もラメ入りのメイクをしており、スポットライトを当てるとなんとも幻想的な場面になる。それが、血みどろのメイクをしたティボルト役の俳優に赤いライトを当てると、とたんに無惨絵というかグラン・ギニョールめいた味わいが出て、部長も「君は、私の演出意図をよく理解して、実にうまく再現してくれたねえ」とほめてくれた。

「静子部長は普段からよくほめてくれる人でしたが、あのときの嬉しさは格別でしたね。あれを作るのには本当に苦労しましたから」

本番での演出効果はさらに素晴らしいものになった。静子先輩の演技も入魂の度を増し、七色に輝く水晶の棺の中で、ジュリエットの身体までもが透明に光っているようですらあった、と道夫さんは述懐している。血まみれのティボルトがロミオへの恨み言を述べると、多くの観客の悲鳴と、趣向のわかっている一部からは笑い声が起きたという。舞台劇にうとい私だが、その場面を想像するとうっとりするほど魅力的だと思った。

公演は大成功をおさめ、卒業した静子先輩は芸術大学へ進んで演劇の勉強を続けた。道夫さんも同じ大学へ入ろうと思っていたが、試験を間近にひかえた冬の日に、静子先輩は不慮の事故で亡くなってしまう。

「ひとり暮らしをしていたアパートで、暖房の石油ストーブが原因の一酸化炭素中毒だったそうです。遺書もないし特に悩んでいた様子もないので、自殺ではなく事故と判断されました。お葬式は、先輩の母方の伯父さんという方が喪主でした。そのとき初めて知ったんですが、旧家の娘だった先輩は、厳格なお父さんやお祖父さんが演劇の道に進むことを猛反対していて、進学を機に勘当されて、伯父さんが後見人になっていたそうなんです。それでも、勘当といったって法的には何の効力もないし、亡くなったら水に流すのが普通じゃないですか。なのにご親族がほとんど誰も出席しないんですから、あんな酷いお葬式はほかに見たことも聞いたこともないですよ。たったひとりの身内だった伯父さんがもう激しく嘆いて嘆いて、静子が可哀想だ、妹も、あ、静子先輩のお母さんのことですけど、妹も娘の葬式にすら顔を出さないなんて人の心がないのか、って泣きながら怒ってました。僕ら演劇部の仲間も、みんな怒り泣きしていたものです。これから実家へ殴り込みにいこう、なんて言うやつもいたぐらいですよ」

たしかに、そんな葬式は聞いたことがない。村八分だって火事と葬式だけは例外にするものだという。まして親子の縁なんて切って切れるものではないはずだ。

「親に捨てられた静子だが、君たちのような仲間がいてくれたおかげで、本当に幸せな人生だったと思う。ありがとう。伯父さんはそう言ってくださったんです。本当に立派な方だと思いました。お棺に入った先輩の顔を見たときは、本当にびっくりしましたよ。透き通るほど美しいなんていう言葉がありますが、先輩の顔が透き通ってきらきら光っているように見えたんです。ええ、あの芝居のときと同じで、水晶の棺に入っているような美しさでした。びっくりして他の仲間にも訊いてみたんですけど、そんなふうに見えたのは僕だけだったようです。きっと気のせいだろうと思って、そのときは忘れることにしました。だけど一周忌のとき、伯父さんの家にお邪魔してお線香をあげさせてもらったんですけど、そのときに仏壇を見たら、やっぱり遺影の顔がきらきら光っているんですよ。そのとき気づいたんです。きっと、静子先輩はそういう人なんだ。あの人の一番美しい、最も輝いているところを、見た人の心に再現させてしまう。そういう役者であり、演出家だったんですよ。その人の役に立てたのだから、僕はもうそれでいいんだ。そう思いました」

道夫さんは、静子先輩が亡くなって間もなく、すでに願書を出していた同じ大学を受けたが不合格となり、一浪してまったく別の大学、それも工学部へ進み、演劇の世界から足を洗った。もう充分だ、と思ってその後は一度も観劇すらしたことがなく、妻子にも自分が演劇をやっていたことは一切言っていないそうだ。

私のごとき、学生のときちょっとかじっただけの柔道をいまだ後生大事に抱えているような人間には、到底理解できない境地である。

潤し

十年前に死んだ柴犬が帰ってきて顔をなめ回すことがあるので、犬用の給水機を捨てられないでいる。

癒し

深夜まで仕事をして電車で帰宅するとき、裸の女が乗ってきて自分に抱きつくことがあるが、自分にしか見えていないので騒がずに肌の感触を楽しんでいる。

捜し

看護学校の寮に入ってから、毎晩のように旧式のナースキャップを被った女が寝ている学生の顔をひとりひとり見て回るが、実害はないので誰も気にしていない。

浸し

母の形見である鉄のフライパンを使い始めてから、いつも野菜炒めが水浸しになるのが悩みの種だったが、目玉焼きまで水浸しになったので何かおかしいと思っている。

牛の舌

私は仙台圏（仙台市ではない）在住なので、東京や他地域の人からときどき「おすすめの牛タン屋さんはどこですか」と訊かれることがある。しかしこれはなかなか困るものだ。というのも、牛タンは比較的高価なご馳走であり、地元の人間が常食するものではない。どちらかといえば観光客向けの名物料理である。ランチタイムなど行列ができている店はいくつか知っているが、それらに入ることはなく、ガイドブック（が表示されているスマートホン）片手の観光客を横目に見ながら、九州ラーメンだの横浜家系ラーメンだのの店に入るのが地元の人間である。

この話をしてくれた宏恵さんも関東の方だが、牛タンは食べる気にならないというので、私におすすめの店を訊くこともなかった。

あまり雪の降らない関東で、珍しい大雪が降ったときのことである。

交通が完全に麻痺するほどの積雪で、宏恵さんもご主人も息子さんも、仕事を休んで家にいた。自宅はマンションの六階だが、ベランダにもすっかり雪が積もっていた。どうやって片付ければいいのか、途方に暮れて眺めると、雪の上に何やら黒くて細長い物体が落ちている。窓ガラスが曇ってよく見えないので、冷気が吹き込むのを我慢して開け、サンダルを履いておそるおそる出てみた。

皮が付いたままの、牛タン丸ごと一本だった。風で飛んでくるようなものとは思えない。ベランダに誰か侵入したのかと怖くなり、気持ち悪いのでとりあえず拾って捨てようと思った。

雑巾を持った手を伸ばしたら、この寒さで凍っているはずの牛タンがぴくぴく震えたように見えたかと思うと、雪の中に吸い込まれて見えなくなってしまった。積もった雪の深さより、牛タンのほうが明らかに大きいにもかかわらず、である。宏恵さんは何が起きたのかわからなかった。

ベランダの手すりにも雪が積もっているが、その上を指でなぞったような文字がある。

おいしい、と書いてあった。

宏恵さんは「警察に電話しよう」と言ったが、旦那さんに「お前大丈夫か」と心配され、止められたそうだ。

なにげない話　その一

夜も更けてきた頃、壁にかけてある古い振り子時計が揺れているのに気づいた。地震かな、と思ったが床の揺れは感じない。他に揺れているものもないので、時計だけが揺れているのだった。よく見ると、振り子も秒針も動いていない。機械が止まったまま、時計そのものが振り子のように揺れている。

だんだん振れ幅が大きくなっていき、規則正しくコッチコッチと音を立てて時計が揺れていた。

やがて十二時を告げる、ボーンボーンという鐘の音がしたかと思うと、時計の振れが止まって針が動き出した。

そんなことが、嫁に行く前日に一度だけあった。

なにげない話　その二

最寄り駅から自宅まで歩いていると、いきなり強い雨が降ってきた。傘を持っていなかったので、足を速める。しばらく必死で走るうち、髪も服もぜんぜん濡れていないことに気づいた。あれ、雨がやんだのかなと思って周囲を見渡すと、歩いている人はみんなずぶ濡れになっている。

首を傾げながら家につき、持っていたブリーフケースをテーブルに置くと、中からざばざばと水があふれ出て、テーブルから滴った床に大きな水たまりができた。

そんなことが、仕事を辞める前日に一度だけあった。

なにげない話　その三

ハンバーガーショップでフライドポテトを注文し、五歳の子供に食べさせるため一本だけつまもうとしたら、親指にめり込んでそのまま飲み込まれてしまった。

そんなことがあった翌日、子供はため池でおぼれ死んだ。

お湯の穴

美智恵さんは、子供たちが寝静まってからひとりでお風呂に入り、バスタブでゆっくりと温まってからシャンプーをしていた。夫はこのところなにかと忙しく、今夜も接待だとかで飲みにいき、まだ帰ってこない。

暖かい浴室で、背後にひとの気配がした。

悪い感じではない。ぞっとするような気配ではなく、何らかの温かい存在が近づいてきたように感じた。夫が帰って、こっそり風呂に入ってきたのかと思って振り向く。

誰もいなかった。

自分で意識している以上に、寂しい気持ちを抱えていたんだな。美智恵さんはそう思って苦笑し、再び髪を洗い始めた。

曇った鏡に映る、美智恵さんの後ろで空間がゆらりと歪んだ。

さっき入った浴槽から、大量のお湯が溢《あふ》れ出して、髪を洗っている美智恵さんの足を濡らした。驚いて浴槽の中を見た。

大柄な人が座っている形に、「お湯に穴が開いていました」と彼女は表現している。

お湯の溢れ具合からいって、美智恵さんや夫よりもはるかに大きな体格の、相撲取りかプロレスラーみたいな透明人間が、いきなり浴槽へ入ったように思われた。

バスタブに手を差し込んでみたら、人が入っているようにお湯が押しのけられている部分には、何もない空間ができているだけだった。

すぐにざばあんと音がして、美智恵さんの手を飲み込みながら水面が平らに戻った。お湯がすっかり減っていて、補充しなければいけないほどだ。

浴室の半透明なドアがノックされた。ようやく帰ってきた夫が、俺も一緒に入りたいと言っている。きっと疲れているだろうと思って、いま起きた現象のことは言わないでおいた。

朝の使者

吉雄さんが入院していた四人部屋では、毎朝六時になると大きなチベット犬が入ってきて、患者をみんな起こして去っていくのだが、この部屋の患者以外は誰もそのことを知らなかった。

スタンド・バイ・ミー

快斗さんが大学二年のとき、目を醒ますと部屋の真ん中に知らない男が立っていた。自分と同じぐらいの年代で、痩せて小柄な、これといって特徴のない顔をした男だった。髪を七三に分けて、まっすぐに前を見た真剣な表情をしている。快斗さんはまず「誰」「何」と単語だけしか言うことができなかった。反応はない。前を向いてじっとしているだけで、こちらの顔が見えているのかどうかもわからない。「どこから入った」「出ていってくれ」と、今度はちゃんと文章で警告を発することができた。相変わらず反応はまったくなかった。「いい加減にしろよ」「せめて返事をしろ」と、いくらか強気になって責め立てることができるようになった。それでも反応はないままだ。

快斗さんはスマホで110番し、「自宅に変な男がいるんです、いくら出ていけと言っても無視しています」と訴えて、玄関の前で警察官が到着するのを待った。

駆けつけてきた若い制服警官と一緒に、部屋の中へ入ると男はまだ身じろぎひとつせず、そこに立ったままだった。快斗さんは「あいつです」と指さしたが、警官は「誰もいないじゃないですか、いたずらはやめてください」と取り合わない。何を言ってるんですか、そこにいるじゃないですかといくら言っても「あんたね、こっちも暇じゃないんだからくだらない遊びにつき合わせるなよ。しつこいと公務執行妨害で逮捕するよ」とけんもほろろで、憤然として去っていった。

自分にしか見えないのだ、と快斗さんはそこで気づいた。

友人をいくら部屋に呼んでも、彼女を部屋に入れても、この男が見える人は誰ひとりとしていなかった。不思議なことに、見えていないはずなのに誰もこいつにぶつかることはなかった。かといってすり抜けているわけでもない。なぜか自然に避けているのである。

快斗さんは、自分がぶつかったらどうなるんだろうと少し疑問に思ったが、触るのは気持ち悪いのでやめておいた。

間もなく、快斗さんは大学を卒業して就職するので、このアパートを去ることになっている。

引っ越し先にもこいつがついてくるのか、それともこいつだけはここにとどまるのか、確かめてからまた連絡しますね、と言われている。

シングレット

雪がちらつく真冬の夕方であった。

仕事を終えた爽子さんは、骨まで凍てつくような寒さに耐えながら、夫とふたりで暮らしている自宅マンションへようやく帰ってきた。エレベーターを降りて、風が吹きつける外廊下を、自分たちの部屋へ向かって歩いていく。

反対側の非常階段から、夫が小走りに出てくるのが見えた。なぜわざわざ階段を使っているのだろう、と爽子さんは訝しんだ。それに恰好が異様だった。身体にぴったりしたタンクトップとレオタードが合体したみたいな服を着ている。下は太ももの半ばまで覆うタイツになっていた。こんな服は見たことがない。何やってんの、と声をかけようとしたが、なんとなく嫌な気持ちになり、黙ったまま近寄ってみる。夫はこちらが見えていないかのように、身体のあちこちを手でぱんぱん叩きながら小走りを続けていた。

夫のほうが少し先に、自宅の玄関へたどりついた。

冷ややかに見つめる爽子さんの目の前で、夫は閉まったままのドアに吸い込まれて消えてしまった。

それを見てほっとしました、と爽子さんは語る。

「あんな恰好で出歩いてたら、もう変態じゃないですか。叱る気にもなれなくて、呆れ果てていたんです。いったいどうしたらいいんだろう、と思って何も言えませんでした。それが、妖怪だか生霊だか知らないけどとにかく本物じゃなかったわけですから、本当にほっとしましたよ。廊下でご近所の方に会わなくて済んだのも、本当によかったです」

家に入ると、夫はすでに帰宅していて、夕食に玉ねぎと豚肉だけの豚汁を、二人分には大きすぎる鉄鍋いっぱいに仕込んでいた。よく煮込まれた、たっぷりの玉ねぎがとろとろに溶けていて、すすると心の底から温まったそうだ。

なお、もうひとりの旦那さんが着ていた服は、おそらくアマチュアレスリングの試合着だと思われるが、ご夫婦ともレスリングはまったくやったことがない。

好き嫌いの理由

葛城修二は、トマトが大嫌いだ。生食はもちろん、火を通したものも口に入れられず、できればケチャップだって食べたくないほどである。他人が食べているところを見るだけでさえ虫唾が走る。そんな彼は、小さい頃はトマトが大好きだったのに、小学六年の夏休みにある体験をしてから、まったく食べられなくなった。もう二十年、ひと口たりとも食べたことはない。

彼の目の前で、禿頭の巨漢がしきりにメモを取っていた。節くれだった太い指にはびっしりと毛が生えていて、不潔とまではいわないがどこか愚鈍な印象を与える。喫茶店のテーブルを挟んで、鷲羽大介と名乗るこの黒ずくめの中年男は、修二の話に要所要所で相槌を打ち、無言で深く頷いたかと思うとアイスコーヒーのグラスに手を伸ばし、ストローですすってはむせるなど、何とも落ち着きがなかった。小さなノートに安物のシャープペンを走らせて、書かれた文字はぐしゃぐしゃに崩れており、とても人間に読める代物とは思えない。修二は、熱いコーヒーを少しだけ舐めて、トマトにまつわる話を続けた。

幼い頃の思い出は、母の実家である祖父母の家にまつわるものが多い。修二の祖父は、上州の郊外で内装業を営んでおり、大きな家の裏には広い家庭菜園があった。いちばん古い記憶は、三歳か四歳ごろ、この家庭菜園でもいできたまだ青いトマトに、思い切り大きな口を開けてかぶりついたときのものである。祖母も、祖父も、父も母も、「まあ修ちゃんたら」「さすが男の子だ」と嬉しそうに笑っていたのを、今でもよく覚えている。

母は四人姉妹の末娘で、修二は祖父母が待望していた男の子だったのだ。

修二と両親の家は、もっと首都圏に近い土地の、狭いマンションだった。母はいつも「静かにしなさい」とばかり言っていたような気がする。幼い男児が立てる生活音が、周囲の住人との軋轢をどれほど生むものか。それが理解できるようになったのはずっと後のことで、修二はいつも、もっと思い切り遊びたいという願望を抱えていた。それがかなうのが、祖父の家だったのである。修二は、広い和室で畳の上を転げ回ったり、菜園のまだ作物が植えられていない部分を、裸足で土を踏みしめ走り回ったりして、思う存分に暴れることができた。それを見て、祖父は目を細めて喜んでいたものである。

小学二年の夏休みには、両親と離れて祖父母宅に一週間も滞在した。修二にとっては、初めての大きな冒険である。このときは、自宅より大きなテレビでポケモンのアニメを見たり、名前も知らない近所の女の子と一緒に廃病院を探検して、祖父母に大目玉を食らったりしたのがいい思い出である。

鷲羽大介は、ここまで話したところで「廃病院ですか?」と目を輝かせた。その話は関係ない、と告げると眉をひそめて「そうですか……」と肩を落とした。そんなところに食いついてどうしようというのだろう。折角だからもうひとつネタを拾ってやろう、ぐらいの気持ちなのだろうか。ちゃっかりしたものだ、と修二は思った。眼鏡をはずし、ハンカチで拭《ぬぐ》っている鷲羽の姿は、憐みすら感じさせるほど冴えないおじさんそのもので、見方によっては愛嬌があると言えなくもないような気がした。

夏に祖父の家へ来るたび、楽しみにしていたのがトマトだ。

トマトぐらいはどこでも、自宅の近くのスーパーでも買える。店で売っているもののほうが、家庭菜園で作ったものより上等なのが当たり前だ。しかし、畑になっているものをもいで食べるという野趣は、それをはるかにしのぐ魅力になる。男の子にとってはなおさらだ。修二は、毎年欠かさずトマトをもいで、青臭いやつにかぶりついてはしたたる汁を啜っていたものである。

問題の、小学六年生の夏に起きた出来事の話を、修二は始めた。

六年生ともなると思春期の入り口にさしかかっており、いささか「おじいちゃん、おばあちゃん」という呼び名を口にすることすら気恥ずかしくなっていた。それでも、学校の夏休みに自宅とは違う場所で過ごす時間は、魅力的であった。八月初旬から一週間の予定で、新幹線とバスを乗り継いで祖父の家へと赴く。「大きくなったねえ」と目を細める祖父母の姿が、鬱陶しさと懐かしさが半々に入り混じった感慨を呼び起こす。精力的だった祖父も七十歳となり、めっきり髪が白くなってきた。あと何年こうして会えるのだろう、と思って修二は少しだけ怖くなった。

着いて二日目だった。もとは伯母の勉強部屋だったという部屋のベッドで目覚めた修二は、午前中のうちに持参した宿題のノルマを終えると、裏庭の菜園へ足を向けた。太陽は容赦なく照りつけ、黒っぽい土の地面すら猛烈な熱を発しているように思われる。ナスやピーマンの奥にあるトマトの畑では、プラスチックの支柱に緑のつるが絡みつき、いくつもの実がそれぞれの色を発していた。真っ赤に熟したものから、まだ真っ青なものまである。修二は、敢えてまだ熟しきらない、半分ほど緑色を残した実を選んだ。三つほどもぎ取ると、タンクトップの腹をまくってそれを袋がわりにする。家に持って帰り、水道の水で洗ってから丸かじりするのだ。畑から家まで、二十メートルほどのあぜ道を、硬い土を踏みしめて歩いていた。

向こうから、何やらもこもこした黒い動物が、地を這って近づいてくる。

猫かな、と修二は思った。だがそいつをよく見ると、明らかに違う。

大きさは普通の猫よりは大きく、中型の犬ぐらいに見えた。猫と犬とナマケモノの中間のような顔をしていて、目は小さい。耳が大きく突き出ているのかと思ったら、小さくて丸い耳の脇からほうきのような毛が束になって飛び出していた。胴体は細長いが手足は太くて長く、熊が小さくなったような体つきだ。毛並みも荒々しく、犬や猫より熊に近い。尻尾も長くて太く、胴体とほぼ同じ大きさをしている。近づいてくるその動きはまさに文字通り「地を這う」もので、歩くという動詞はそぐわない感じだった。

こんな生き物は見たこともない。修二は、恐れるべきかどうかすら判断できなかった。顔つきからいって肉食動物らしいが、人を襲うように見えるわけでもない。対処法がわからないので、自分からは近づかずにやり過ごすことにした。道の端に寄り、やつを刺激しないように息を殺す。

すれ違うとき、そいつがこちらを見上げた。

「ふん」と、たしかに人間の声でそう言った。

悲鳴も出なかった。

のそのそと地を這って、やつが畑を横切り、隣の家との隙間に這入っていくのを、修二はなすすべもなく見ていた。あんなに暑かったのに冷や汗が出ている。足の力が抜けて、土の上にへたり込んだ。タンクトップのすそに入れていたトマトが、ごろごろとこぼれ落ちる。

ついさっきもいだばかりの、青みがかった三つの実が、真っ黒に腐って鼻を衝く悪臭を放っている。修二はとっさに口を押さえたが、胃袋から逆流してきた酸っぱい液をこらえることができず、げえげえと大きな声をあげながら草むらに吐瀉し続けた。

家に帰りつくと、祖父は「どうした」と怪訝な顔をしていたが、「ちょっと気分が悪くなった」とだけ言って汚れたタンクトップを着替え、ベッドに倒れ込んでしまった。

トマトが食べられなくなったのは、それ以来のことだ。腐敗した実から流れる、灰色をした汁のぬるぬるした感触と、いくら手を洗っても鼻の奥からなかなか去らなかった腐臭が、それまでのおいしかった記憶をすっかり塗りつぶしてしまったのである。

祖父母の家で夏休みを過ごしたのは、その年が最後だった。

中学に入ってからは、部活のバレーボールや塾が忙しく、遠い祖父母の家まで行くような時間的余裕はなくなった。間もなく父と母が離婚し、修二は父に引き取られたため母方の祖父母とは疎遠になり、それから長く祖父に会うこともなかった。

修二が大人になり、三十歳を過ぎたころ、父が六十歳の若さで亡くなったのをきっかけに母方の親族との交流が復活した。祖母は亡くなっていたが祖父は九十歳を過ぎてなお健在で、相変わらず家庭菜園を耕しているのだという。

父の喪が明けたら結婚する予定の、婚約者を連れて母の実家へ赴き、二十年ぶりに会った祖父は驚くほど変わっていなかった。小学生の頃に会ったきりだというのに、白い髪はふさふさしているし肌つやもよく、七十歳そこそこにしか見えない。修二は長くの無沙汰を詫び、婚約者を紹介した。祖父はまったく気にせず許してくれて、結婚を心から祝福してくれる。

修二のトマト嫌いを知っている彼女は、「昔は、おじいさまの畑で採れるトマトが大好きだったそうですね」と話を向けた。祖父は怪訝な顔をする。

「何の話かな。うちでトマトなんて作ったことはないぞ」

今度はこちらが驚いた。たしかに子供の頃、ここの家庭菜園でトマトをもいでくるのが楽しみだったのである。そんなはずはない、と修二は言ったが、祖父は「俺はボケてないぞ。お前の記憶違いじゃないのか。俺はトマトなんか好きじゃないから、一度も植えたことはないし、修二に食べさせたこともない。小さい頃は本当におとなしい子で、ここに来ても家の中で絵本を読んだりアニメのビデオを見たりするばかりで、外で遊んだりすることもなかったはずだ」と自信たっぷりに話すのであった。

狐につままれたような、という慣用句があるがこういうときに使うんだな、と修二は思った。その話はもうやめて、可愛がってくれたことへの感謝と、これからの結婚生活への思いを色々と話し、幾度かの押し問答の挙句に、遠慮しきれなくなったお祝いの分厚い封筒を受け取って、祖父の家を辞去し、ふたりの新居へ帰っていった。

帰宅して最初に、修二は近くのスーパーでトマトを買ってきて、かぶりついてみた。

この二十年間、まったく口にすることもできなかったのに、すんなりと果肉を齧り取り、果汁をすすることができた。何一つ気持ち悪さを感じることはなく、酸味と甘味が心地よい。うまかったのである。

それがつい先週の出来事だった。この顛末を修二が友人に話したところ、そういう話を集めている人がいるから紹介するよ、と言われた。そうしてアポを取ったのが、この鷲羽大介という胡散臭い男である。鷲羽はメモを取っていた手を止めると、ポケットからスマホを取り出して何やら検索し出し、修二に画面を見せてきた。


ここまで話を聞いていた私は、採れたてのトマトが急に腐敗する不自然さや、記憶がいきなり塗り替えられる不可解さ以上に、何の脈絡もなく現れた奇妙な生き物のことが心にひっかかっていた。その特徴があまりにも鮮明に記憶されているのも、違和感を覚えるところではある。

なんとなく心当たりのあった私は、スマホで検索したネット動画を、葛城さんに見せてみた。

「これです！　たしかにこいつです！　身体つきも毛並みも、動き方もまさにこれで間違いないです」と目を見張って、興奮した様子である。

画面に映し出されているのは、東南アジアに棲息する、ビントロングという麝香猫《ジャコウネコ》の仲間だった。日本では十ヶ所程度の動物園にしかいない。絶滅危惧種として販売や輸入が規制されているわけではなく、特定動物として飼育が禁止されているわけでもないが、夜行性で樹上生活をするという習性のため、個人が飼うのは事実上不可能である。

葛城さんは「二十年ぶりに見ましたよ。想像上の化け物かと思っていたら、本当にいたんですね。こいつが喋って人を化かすという言い伝えとか、野生で棲息している現地にはないんですかね」と、民俗学上の大発見をしたかのような興奮ぶりだった。

赦し

二十年経ってようやく、姉の墓に参っても鼻血が出なくなった。

★読者アンケートのお願い

本書のご感想をお寄せください。
アンケートをお寄せいただきました方から抽選で
5名様に図書カードを差し上げます。
（締切：2025年5月31日まで）

応募フォームはこちら

不条理奇談

2025年5月7日　初版第1刷発行

著者……………………………………………………………………… 鷲羽大介
デザイン・DTP ………………………………………………………… 延澤武
企画・編集 ……………………………………………………… Studio DARA

発行所…………………………………………………………… 株式会社 竹書房
〒102-0075　東京都千代田区三番町８－１　三番町東急ビル６F
email：info@takeshobo.co.jp
https：//www.takeshobo.co.jp
印刷所……………………………………………………… 中央精版印刷株式会社

■本書掲載の写真、イラスト、記事の無断転載を禁じます。
■落丁・乱丁があった場合は、furyo@takeshobo.co.jp までメールにてお問い合わせください。
■本書は品質保持のため、予告なく変更や訂正を加える場合があります。
■定価はカバーに表示してあります。
©Daisuke Washu 2025
Printed in Japan